ISSO TAMBÉM VAI PASSAR

A marca FSC® é a garantia de que a madeira utilizada na fabricação do papel deste livro provém de florestas que foram gerenciadas de maneira ambientalmente correta, socialmente justa e economicamente viável, além de outras fontes de origem controlada.

MILENA BUSQUETS

Isso também vai passar

Tradução
Joana Angélica d'Avila Melo

Copyright © 2014 by Milena Busquets Tusquets
Publicado mediante acordo com a Pontas Literary & Film Agency

Grafia atualizada segundo o Acordo Ortográfico da Língua Portuguesa de 1990, que entrou em vigor no Brasil em 2009.

Título original
También esto pasará

Capa
Claudia Espínola de Carvalho

Foto de capa
Camille Moirenc/ Getty Images

Preparação
Ciça Caropreso

Revisão
Renata Lopes Del Nero
Luciana Gomide Varela

Dados Internacionais de Catalogação na Publicação (CIP)
(Câmara Brasileira do Livro, SP, Brasil)

Busquets, Milena
  Isso também vai passar / Milena Busquets : tradução Joana Angélica d'Avila Melo — 1ª ed. — São Paulo : Companhia das Letras, 2016.

  Título original : También esto pasará
  ISBN 978-85-359-2687-3

  1. Ficção espanhola I. Título.

16-00313   CDD-863

Índice para catálogo sistemático:
1. Ficção : Literatura espanhola 863

[2016]
Todos os direitos desta edição reservados à
EDITORA SCHWARCZ S.A.
Rua Bandeira Paulista, 702, cj. 32
04532-002 — São Paulo — SP
Telefone: (11) 3707-3500
Fax: (11) 3707-3501
www.companhiadasletras.com.br
www.blogdacompanhia.com.br

Para Noé e Héctor.
E para Esteban e Esther.

1.

Por alguma estranha razão, nunca pensei em mim com quarenta anos. Aos vinte, me imaginava com trinta, vivendo com o amor da minha vida e alguns filhos. E com sessenta, fazendo tortas de maçã para os netos, logo eu, que não sei nem fritar um ovo, mas aprenderia. E com oitenta, como uma velha alquebrada, bebendo uísque com minhas amigas. Mas nunca me imaginei com quarenta anos, nem mesmo com cinquenta. No entanto, aqui estou. No enterro da minha mãe e, ainda por cima, com quarenta anos. Não sei bem como cheguei até aqui nem a este vilarejo, que de repente está me dando uma vontade horrível de vomitar. E acho que nunca na vida fui para um lugar tão malvestida. Quando chegar em casa, vou queimar toda a roupa que estou usando, ela está encharcada de cansaço e tristeza, é irrecuperável. Quase todos os meus amigos vieram, alguns amigos dela e outros que nunca foram amigos de ninguém. Há muita gente e falta gente. No fim, a doença, que a expulsou selvagemente de seu trono e destroçou sem piedade seu reino, fez com que ela sacaneasse bastante todos nós, e, claro, isso se paga na hora do enterro. Por um lado, você, a morta, os sacaneou bastante e, por outro, eu, a filha, não agrado muito a eles. Culpa sua, mamãe, claro. Pouco a pouco e sem perceber, você foi depositando toda a responsabilidade da sua minguante felicidade nos meus ombros. Aquilo me pesava, me pesava até quando eu estava longe, até que comecei a entender e a aceitar o que estava acontecendo, até que me afastei um pouco de você ao perceber que, se eu não fizesse isso, não era só você que morreria sob os seus escombros. Mas acho que você me amava, nem muito nem pouco, me amava e ponto final. Sempre achei que os que dizem "Eu te amo muito" na realidade te amam pouco e que talvez acrescentem o "muito", que no caso significa "pouco", por timidez ou por medo da contundência do "Eu te amo", que é a única maneira verdadeira de dizer "Eu te amo". O "muito" faz com que o "Eu te amo" se transforme em algo adequado a todos os públicos, quando na realidade quase nunca é. "Eu te amo": as palavras mágicas que podem transformar a pessoa num cão, num deus, num maluco, numa sombra. Além disso, muitos amigos seus eram progressistas, acho que hoje já nem se chamam assim ou que já nem existem. Não acreditavam em Deus nem em vida depois da morte. Lembro quando era moda não acreditar em Deus. Agora, se você diz que não acredita em Deus, nem em Vishnu, nem na mãe Terra, nem em reencarnação, nem no espírito de sei lá o quê, nem em nada, as pessoas te olham com uma cara de pena e dizem: "Dá pra ver que você não está nem um pouco iluminada". Então, eles devem ter pensado: "Melhor ficar em casa, no sofá, com uma garrafa de vinho, fazendo-lhe minha homenagem particular e muito mais transcendente do que a da montanha com os babacas dos teus filhos. Afinal, funerais não passam de uma convenção". Ou algo assim. Porque imagino que eles te perdoaram, se é que havia alguma coisa para perdoar, c que te amavam. Quando eu era criança, via vocês rindo e jogando baralho até o amanhecer, viajando, tomando banho de mar pelados, saindo para jantar, e acho que vocês se divertiam, eram felizes. O problema com as famílias que a pessoa escolhe é que elas desaparecem mais rápido do que as de sangue. Os adultos com quem eu cresci ou estão mortos, ou não sei por onde andam. Aqui, sob este sol inclemente de derreter a pele e rachar a terra, é que eles não estão. Enterro é muito chato, e as duas horas de estrada para chegar aqui, uma tortura. Conheço de cor este caminho entre oliveiras, estreito e ondulante. É, ou foi, embora eu não passasse mais de dois meses por ano no vilarejo, o caminho de volta para casa e para todas as coisas de que gostávamos. Agora não sei mais o que ele é. Eu devia ter trazido um chapéu, mesmo que depois eu tivesse que jogar fora também. Estou ficando tonta. Acho que vou sentar do lado deste anjo com ar ameaçador, com asas que parecem espadas, e não levantar nunca mais. Carolina vem vindo, ela sempre percebe tudo, me pega pelo braço e me leva até o muro de onde se avista o mar, muito próximo, no final de um declive com oliveiras cansadas, de costas para todo mundo. Mamãe, você me prometeu que quando morresse minha vida estaria encaminhada e em ordem e que a dor seria suportável, não me disse que eu teria vontade de arrancar e comer as minhas próprias entranhas. Me disse isso antes de começar a mentir. Você, que nunca mentia, em determinado momento, não sei por quê, começou a fazer isso. Os amigos que no final quase não te viam e que se lembram da pessoa notável que você foi há dez anos, ou há dez mil anos, estes, sim, vieram. E minhas amigas: Carolina, Mercè, Elisa e Sofía. Mamãe, acabamos decidindo não enterrar Patum com você. Aqui não é o Egito dos faraós. Eu sei, você dizia que sem você a vida dela não teria sentido, mas, primeiro, ela é uma cachorra grande e não caberia no nicho — imagino os dois coveiros empurrando-a pelo traseiro para forçá-la a entrar, como fizemos tantas vezes em alto-

-mar, depois do mergulho, ajudando-a a subir a escadinha do barco — e, depois, isso de ser enterrado com um cão com certeza é ilegal. Mesmo que o animal estivesse morto como você. Porque você está morta, mamãe. Venho repetindo isso há dois dias, e repetindo a mim mesma e perguntando às minhas amigas, para o caso de ter havido algum equívoco ou de eu ter entendido mal, e toda vez me garantem que o inacreditável aconteceu. Com exceção dos pais dos meus filhos, só há um homem interessante aqui, desconhecido. Estou prestes a desmaiar de horror e de calor, mesmo assim continuo capaz de detectar imediatamente um homem atraente. Deve ser o instinto de sobrevivência. Qual será a etiqueta para flertar num cemitério? Ele virá me dar os pêsames? Acho que não. Covarde. Covarde bonitão, eu te pergunto: o que um covarde está fazendo no enterro da minha mãe, a pessoa menos covarde que eu conheci na vida? Ou talvez a garota que está ao seu lado, segurando sua mão e me olhando com curiosidade e insistência, seja sua namorada. Não é meio baixinha pra você? Bom, dona namorada anã de um covarde misterioso, hoje é o dia do enterro da minha mãe, tenho o direito de fazer e dizer o que me der na telha, certo? Como se fosse o dia do meu aniversário. Não me leve a mal.

O enterro termina. Vinte minutos ao todo, em meio a um silêncio quase absoluto, não houve discursos, nem poesias — você jurou se levantar do túmulo e nos perseguir por toda a eternidade se deixássemos algum dos seus amigos poetas recitar alguma coisa —, nem orações, nem flores, nem música. E teria sido ainda mais rápido se os funcionários idosos a quem cabia pôr o caixão no nicho não fossem tão desajeitados. Entendo que o homem atraente não tivesse se aproximado de mim para mudar minha vida, embora não me ocorra momento mais adequado e imprescindível para fazer isso, mas pelo menos ele podia ter ido ajudar os velhos, quando eles quase deixaram o seu caixão cair no chão. Um deles exclamou: "Puta que pariu!". Foram as únicas palavras pronunciadas no seu enterro. Me parecem muito apropriadas, muito exatas. A partir de agora, imagino que todo enterro ao qual eu for será o seu. Descemos pela encosta. Carolina pega minha mão. Pronto. Minha mãe morreu. Acho que vou me registrar como moradora de Cadaqués. Agora que você vive aqui, será melhor.

2.

Que eu saiba, a única coisa que não dá ressaca e que dissipa momentaneamente a morte — e a vida também — é o sexo. Seu efeito fulminante reduz tudo a destroços. Mas só por alguns instantes ou, no máximo, se você dormir em seguida durante um tempinho. Depois, os móveis, a roupa, as lembranças, as luminárias, o pânico, o pesar, tudo o que havia desaparecido num tornado como aquele de O *mágico de Oz* desce e volta a ocupar seu lugar exato, no quarto, na cabeça, no estômago. Abro os olhos e não estou rodeada de flores e de anõezinhos cantarolantes e agradecidos, e sim na cama ao lado do meu ex. A casa está em silêncio e pela janela aberta entram os gritos de crianças chapinhando na piscina. A luz azul e diáfana promete mais um dia de sol e calor, e as copas dos plátanos que avisto da cama balançam pacíficas, surpreendentemente indiferentes a todos os desastres. Pelo visto, não arderam por combustão espontânea durante a noite, nem seus ramos se transformaram em espadas voadoras e assassinas, delas não jorra sangue nem nada do gênero. Olho Óscar com o rabo do olho, sem me mexer, consciente de que o menor movimento o despertará. Faz tempo que não dormimos juntos. Observo seu corpo comprido e forte, o peito levemente côncavo, os quadris estreitos, as pernas de ciclista, as feições grandes, de traços precisos e masculinos, de uma expressividade e contundência ligeiramente animais. "Gostei, tem cara de homem", disse minha mãe depois de encontrá-lo pela primeira vez no elevador do prédio e adivinhar, sem necessidade de apresentação, que aquele rapaz de cabeça de touro e corpo de adolescente tímido, sempre um pouco curvado para a frente, ia ao meu apartamento. E disse a ele, com ar coquete: "Está fazendo tanto calor que tomo banho de roupa, me sento com ela molhada para escrever e, meia hora depois, já está seca!". E ele chegou morrendo de rir ao meu apartamento, onde eu o esperava trêmula de impaciência: "Acho que acabei de conhecer sua mãe". Por algum tempo, o corpo de Óscar foi minha única morada, o único lugar do mundo. Depois tivemos um filho. E depois nos conhecemos. A gente tenta agir como um animal selvagem, que se guia pelo instinto, pela pele e pelas fases da lua, reagindo sem demora, com gratidão e certo alívio às exigências de tudo o que não precisa ser pensado porque o corpo ou as estrelas já pensaram e decidiram por nós, mas sempre chega o dia em que é necessário se pôr de pé e começar a falar. Aquilo que, na teoria, só ocorreu uma vez na história da humanidade, deixar de andar em quatro patas, se pôr de pé e começar a pensar, ocorre comigo quando aterrisso do amor. Sempre uma aterrissagem forçada. Já perdi a conta das vezes em que tentamos retomar o relacionamento. Mas sempre alguma coisa se interpõe entre nós, normalmente o temperamento dele ou o meu. Agora ele está namorando, o que não o impede de compartilhar a cama comigo neste momento, nem de ter estado ao meu lado nos últimos seis meses de trevas, hospitais, médicos e batalhas irremediavelmente perdidas. Mamãe, como você pôde pensar que teria alguma chance de vencer essa batalha, a última, aquela que ninguém nunca vence? Nem os mais inteligentes, nem os mais fortes, nem os mais valentes, nem os mais generosos, nem os que mereceriam vencer. Eu teria me conformado se você morresse tranquila. Tínhamos conversado muito sobre a morte, mas nunca pensamos que essa escrota te arrebataria a cabeça antes de levar também todo o resto, que ela te deixaria apenas umas migalhas de lucidez intermitente que só a fariam sofrer mais.

Óscar é um firme defensor dos poderes curativos do sexo, um desses homens de temperamento vital e saúde vigorosa segundo os quais não há desgraça, desgosto ou decepção que o sexo não possa resolver. Está triste? Trepe. Com dor de cabeça? Trepe. Seu computador pifou? Trepe. Sua mãe morreu? Trepe. Às vezes funciona. Saio com cuidado da cama. Óscar também acha que fazer amor é a melhor maneira de começar o dia. Eu, de manhã, gostaria de ser invisível e de não alcançar minha plena corporeidade até a hora do almoço. A pia transborda de pratos sujos e na geladeira só há uns iogurtes vencidos, uma maçã enrugada e algumas cervejas. Abro uma, não sobrou nem café nem chá. As árvores me saúdam pelas janelas do salão agitando suas folhas, e me dou conta de que as persianas da senhora idosa que mora em frente estão fechadas; ela já deve ter saído de férias ou talvez também tenha morrido, quem sabe? A sensação é de que passei meses vivendo em outro lugar. Trago em mim o suor da noite e do homem-touro com quem dormi, enfio o nariz dentro da gola da camiseta e reconheço o cheiro alheio, as marcas invisíveis da alegre invasão do meu corpo por outro corpo, da minha pele — tão dócil e permeável — por outra pele, do meu suor por um suor diferente. Às vezes nem o chuveiro consegue apagar essa presença, e passo dias sentindo-a, cada vez mais distante, como um vestido indecente que me favorece, até que ela se perde de vez. Encosto o copo de cerveja numa das têmporas e fecho os olhos. Em tese, esta é a minha época favorita do ano, mas não tenho planos. Sua derrocada, mamãe, era meu único plano havia meses, talvez anos. Ouço Óscar circulando pelo quarto e me chamando:

— Vem cá, vem correndo, preciso te dizer uma coisa importante.

É um de seus truques sexuais, e finjo que não escuto. Se eu for, não vamos sair da cama antes do almoço, e não tenho tempo, a morte pede milhares de providências. Por fim, depois de dez minutos resmungando, me chamando e dizendo que não encontra sua cueca porque com certeza eu a escondi — claro, Óscar, não tenho nada melhor para fazer do que brincar de esconder sua cueca —, ele sai do quarto. Sem dizer uma palavra, planta-se atrás de mim e começa a beijar meu pescoço e a me espremer contra a mesa. Continuo organizando meus papéis como se nada estivesse acontecendo. Ele morde minha orelha com violência. Protesto. Não sei se dou um tapa nele. Quando me disponho a fazer isso, já é tarde demais. Pode-se dizer muito de um cara pelo modo como ele tira ou baixa a calcinha da gente. E o animal que há em mim — e que talvez seja a única coisa que não se reduziu a cinzas nos últimos meses — arqueia o dorso, apoia as mãos na mesa e tensiona todo o corpo. Até o último instante acho que vou dar um tapa nele, mas no fim meu outro coração, que o pau dele invadiu, começa a bater forte e me esqueço de tudo.

— Você não devia beber cerveja de manhã, Blanquita. Nem fumar — acrescenta, ao me ver acendendo um cigarro.

Ele me olha com a mesma cara com que todo mundo me olha há alguns dias, com uma mistura de preocupação e dó, e já não sei se essas caras são um reflexo da minha ou o contrário. Há dias não me olho no espelho, ou me olho sem me ver, só mesmo para me arrumar. Jamais tínhamos feito um sexo tão ruim. Meu espelho, *mon semblable, mon frère*, se empenha em me lembrar que a festa acabou. No olhar de Óscar, além de dó e preocupação, há ternura, um sentimento muito próximo do amor. Mas não estou acostumada a provocar pena nos outros, me dá engulhos. Você pode voltar a me olhar como cinco minutos atrás, por favor? Pode me transformar de novo num objeto, num brinquedo? Numa coisa capaz de obter e dar prazer, que não está triste e que não perdeu o amor da sua vida enquanto ela, voando de moto pelas ruas de Barcelona, não conseguiu chegar a tempo?

— Acho que você devia sair por uns dias, para arejar. Você já não tem nada pra fazer aqui e a cidade está vazia.

— É, tem razão.

— Não quero que você fique sozinha.

— Não. — Não conto a ele que há meses me sinto sempre sozinha.

— O pior já passou.

Caio na risada.

— O pior e o melhor. Já passou tudo.

— E tem muita gente que gosta de você.

Não sei quantas vezes ouvi essa frase nos últimos dias. O silencioso exército tagarela das pessoas que gostam de mim se levantou, bem na hora em que a única coisa que eu quero é me enfiar na cama e que me deixem em paz. E que minha mãe se sente ao meu lado, segure minha mão e pouse a dela na minha testa.

— Sim, sim, eu sei. E agradeço demais. — Não digo a ele que já não acredito no amor de ninguém, que até minha mãe parou de me amar por algum tempo, que o amor é a coisa menos confiável do mundo.

— Por que não sobe para Cadaqués e fica lá por alguns dias? Agora a casa é sua.

Mas o que você está dizendo, seu maluco, desrespeitoso e

estúpido?, penso de passagem, fitando seus grandes olhos bondosos e preocupados. A casa é da minha mãe. Sempre será.

— Não sei — respondo.

— E o barco está na água. Lá vocês vão ficar bem.

Talvez ele tenha razão, penso. As bruxas daquele vilarejo resguardado por montanhas, por uma estrada perversa e por um vento selvagem, que enlouquece todos que não merecem a beleza de seus céus e a luz rósea de seus crepúsculos de verão, sempre me protegeram. Desde criança eu via como, encarapitadas no campanário, gargalhando ou franzindo o cenho, elas expulsavam ou abraçavam os recém-chegados, faziam explodir brigas entre os casais mais apaixonados, indicavam às medusas que pernas e estômagos deviam picar, colocavam os ouriços estrategicamente sob certos pés. E como desenhavam alvoradas alucinantes que aliviavam as ressacas mais terríveis, transformavam cada rua e recantos do vilarejo em dormitórios acolhedores, envolviam as pessoas em ondas de veludo que apagavam todos os desgostos e males do mundo. E agora, para completar, há uma bruxa nova.

— Sim, talvez você tenha razão. Cadaqués. Vou para Cadaqués. — E acrescento: — Tara, minha casa, a terra vermelha de Tara, voltarei para Tara... Afinal, amanhã será outro dia.

Tomo um gole longo de cerveja.

— De que filme é? — pergunto a Óscar.

— Acho que você misturou ... *E o vento levou* com *E.T.* — diz ele, rindo.

— Ah, pode ser, pode ser. Cerveja em jejum faz com que me ocorram as maiores bobagens. Quantas vezes te obriguei a ver ... *E o vento levou*?

— Muitas.

— E quantas vezes você dormiu no filme?

— Quase todas.

— Pois é, você sempre teve um péssimo gosto para filmes. É um esnobe.

Desta vez ele não retruca, limita-se a me encarar sorrindo, com olhos de ilusão. Óscar é um dos poucos homens adultos que conheço que pode fazer cara de ilusão, cara de Reis Magos. Eu nunca lhe disse isso e não acho que ele saiba. A cara de ilusão é uma das mais difíceis de fingir, e está desaparecendo à medida que as verdadeiras ilusões, as infantis, estão desaparecendo e sendo substituídas por meros desejos.

— Tudo vai ficar bem, Blanca, você vai ver.

— Eu sei — minto.

Ele diz que precisa ir a Paris a trabalho por alguns dias, mas que assim que voltar subirá a Cadaqués para nos ver e passar uns dias conosco. Depois suspira e acrescenta: "Não sei o que eu vou fazer com a minha namorada". Os homens sempre acabam metendo os pés pelas mãos. Faço cara de profunda preocupação, que também é uma expressão difícil de fingir, mas não tanto como a ilusão, e bato a porta com força.

Não sei o que eu vou fazer sem a minha mãe, cara.

3.

Nicolás diz que você está jogando pôquer no céu com o gorila Floco de Neve. Embora só tenha cinco anos, ele explica tudo com tamanha convicção que às vezes eu balanço. Do alto dos meus quarenta anos e tendo te conhecido infinitamente mais — ou talvez não, nos últimos tempos acho que os meninos foram os únicos a milagrosamente terem acesso a você, os únicos capazes de ver e de se aproximar, através da doença e da bruma, da pessoa que você foi, os únicos bondosos o bastante e hábeis para te fazer ressurgir, eles tiveram sorte por não te odiar nem por um minuto —, não consigo imaginar lugar melhor para você. Nos desenhos dele, agora você aparece voando acima da nossa cabeça, uma mistura de bruxa brincalhona e fada estabanada não muito diferente do que você foi.

Os meninos acabaram de passar uns dias na casa de Guillem, o pai do meu filho mais velho. Chegaram bronzeados, mais altos e carregados de folhas, tomates e pepinos da horta dele. Frutas e verduras que sempre recebo com grande entusiasmo e que vão parar no lixo assim que aparece um bichinho, quando então tento lavá-las com a pouca convicção com que sempre empreendo toda tarefa campestre.

— Guillem, só quero maçãs como as da Branca de Neve. Meu problema com as maçãs orgânicas é que sempre penso que, se eu der uma mordida, vou decapitar uma larva. Isso me angustia demais. Você entende, não é?

— Claro, você prefere as maçãs envenenadas, certo? Bom, não se preocupe, da próxima vez trago essas, vamos ver se funcionam.

E imita o gesto de cortar o pescoço, fecha os olhos e põe a língua para fora, fazendo os meninos rirem, eles adoram a mistura de loucura e senso prático dele, sua capacidade de lhes contar o dia a dia da Revolução Francesa com todos os detalhes e depois ir plantar tomates na horta.

Guillem é arqueólogo, um bom copo, culto, solidário, inteligente, catalanista, simpático, ardiloso, forte, desconfiado, generoso, muito divertido e cabeça-dura. Seu lema é *"No estic per hòsties"*, não estou para brincadeiras em catalão, e de fato, exceto nos anos que passamos juntos, nos quais ele esteve, sim, para muitas *"hòsties"*, sempre se manteve fiel a ele. Temos uma relação de amor-ódio. Eu o amo e ele finge que me odeia quase o tempo todo. Mas seu ódio tem mais coisas boas do que o amor da maioria das pessoas que conheci. Ele ficou com Patum, a cachorra da minha mãe, que alguns anos antes de nos separarmos tinha sido nossa. Um dia, como eu ia viajar, a deixei com minha mãe e, na volta, ela me disse que ia ficar com a cachorrinha, que Patum estaria melhor com a mãe e a irmã da mesma ninhada. E você ficou com ela. E a fez sua, como fazia com tudo que amava, com todos, roubava deles uma vida e depois os presenteava com outra, muito mais ampla, arejada e divertida do que qualquer coisa que já tivessem conhecido ou que fossem conhecer. O preço, elevado, era ficar sob o seu implacável escrutínio, aprisionados por um amor que, como você mesma dizia, em nenhum caso, nunca de núncares, era cego. Embora com os cães, e só com eles, talvez fosse, sim. Patum sobreviveu à mãe e à irmã. No dia em que, sem protestar, você concordou que a pegássemos de volta, porque ela não podia mais ficar com você, entendi que o final se aproximava. Se você estava disposta a renunciar à sua cachorra, é porque estava disposta a renunciar a tudo, estávamos chegando ao fundo do precipício no qual vínhamos despencando fazia dois anos. Naquela tarde, com sua mão ainda ao alcance da minha, iniciei as providências para que você fosse enterrada no cemitério de Port Lligat. Patum compareceu ao seu sepultamento, foi a única representante da raça canina. Guillem pôs um laço preto na coleira dela — uma ideia típica dele —, e ela se portou como uma dama. Não se deitou esparramada como de costume, sentou-se à sombra, muito séria e formal, com seu laço preto, ao lado de Guillem, metido em seu velho jeans e numa camisa que se abria um pouco à altura da barriga e que ele havia passado especialmente para a ocasião. Acho que você teria gostado da cena, se aproximaria dos dois e, ao lado deles, sentada — você também não estava para muitas brincadeiras —, com a mão apoiada na cabeça de sua cachorra, assistiria ao seu silencioso funeral. Talvez tenha feito isso, não sei.

— Bom, Blanquita, você está vendo que eu os alimentei direito. Não foi, meninos?

Os dois concordam, bem orientados.

— Por acaso eu dei pizzas congeladas pra vocês e esses macarrões tóxicos que sua mãe cozinha?

Os dois negam com a cabeça.

— Sim, mamãe, comemos superbem — diz Nicolás, o menor.

— Que bom, fico feliz.

— Por falar nisso, você sabia que esses pacotes de miojo que vocês comem foram proibidos? Agora você vai ter que comprar no mercado negro.

E cai na risada. Olho séria para ele, com cara de ódio, até que o riso me escapa.

— E eles foram todos os dias para a piscina. Todos os dias. Quando foi a última vez que você os levou à piscina?

— Nunca — exclamam os meninos ao mesmo tempo.

Guillem sorri triunfalmente.

— Mamãe, e na piscina que a gente vai com Guillem eles vendem *cheetos*. E fazem gins-tônicas especiais pra ele.

Guillem faz sinal com a mão para que eles se calem.

— Gins-tônicas. Claro. Assim até eu. E *cheetos*. Imagino que também sejam de alguma horta orgânica...

— Enfim, falando sério, o ar livre faz muito bem aos meninos, e aqui você não tem nada pra fazer. Esta cidade é insuportável no verão, bom, na verdade é insuportável o ano todo. Por que vocês não sobem para Cadaqués por uns dias? Vocês vão ficar bem lá. O barco está na água, não está?

— Sim, o *Tururut* está na água. Minha mãe se encarregou de tudo.

Que louca, mamãe, que louca. Sério mesmo que você pensava que poderia ir de barco? Será que o mar continua ali, apesar da sua ausência? Ou será que se recolheu sobre si mesmo até ficar tão pequeno quanto um guardanapo dobrado com todo o cuidado e você o levou também, enfiado no bolso?

— Então, perfeito. Com certeza ela gostaria que aproveitássemos o barco.

Acompanho-o até a porta, ele me dá uns tapinhas no ombro.

— Anime-se, vai. Nos vemos na semana que vem em Cadaqués, certo? Você vai ver, ficaremos bem lá. Tranquilos.

4.

Uma das melhores maneiras de descobrir recantos secretos de sua própria cidade, não os romanticamente secretos, mas os de fato improváveis, é se apaixonar por um homem casado. Só isso explica estarmos em Badalona, acho que é Badalona, comendo uns croquetes infectos que nos parecem ótimos, num bar imundo que nos parece o mais maravilhoso do planeta e ao qual prometemos voltar logo, nos sentindo tão contentes e mundanos como se estivéssemos no Ritz. Fazia semanas que eu não via o Santi. Desde antes da sua morte, mamãe. Nos meses anteriores, enquanto você se debatia inútil e selvagemente na cama, contra a enfermidade e a demência, eu, quando não estava triste demais ou cansada demais, me debatia no mesmo lugar, também inútil, e às vezes selvagemente, para demonstrar a mim e ao mundo que continuava viva. O oposto da morte não é a vida, é o sexo. À medida que a doença ia se tornando mais feroz e implacável com você, minhas relações sexuais também se tornavam mais ferozes e implacáveis, como se em todas as camas do mundo só uma batalha estivesse sendo travada: a sua. Como se sabe, nós, os desesperados, trepamos desesperadamente. Adeus às manhãs em que eu abria os olhos, sozinha ou acompanhada, e pensava, feliz: o mundo é um pouco menor do que o meu quarto. Às vezes, tinha a sensação de que nós duas estávamos nos transformando em árvores ressequidas e quebradiças, cinzentas como fantasmas, prestes a virar pó. Mas quando eu te dizia isso você me assegurava que não, que nós duas éramos as pessoas mais fortes que você conhecia e que nenhum vendaval podia conosco.

Santi vestiu meu jeans favorito, velhíssimo e de um vermelho desbotado, e uma parca cáqui que compramos juntos há muito tempo. Acho que ele põe essa calça para me agradar, e também como amuleto contra as tormentas que com frequência assolam nossa relação. Quando o vi se esquivando dos carros em cima da bicicleta, vindo na minha direção como uma flecha, de pé, como se tivesse vinte anos e não mais do que o dobro, com seu jeans puído e vermelho, corpo moreno e compacto, a parte de baixo mais desenvolvida e musculosa que a de cima por causa do esqui e da bicicleta, e as mãos de operário, curtas e grossas e frequentemente machucadas, senti um baque no coração, como sempre. Acho que é por isso que continuo a vê-lo, ele acelera meus batimentos cardíacos toda vez. Você sempre me dizia, com ar de fingida preocupação: "Seu problema é gostar de homens bonitos". Mas no fundo acredito que você achava engraçado esse traço tão masculino e infantil meu, de preferir algo gratuito, aleatório e insubstancial como uma aparência agradável a poder, inteligência ou dinheiro.

Tomamos uns drinques e decidimos ir beliscar uma coisa rápida, faz tempo que não nos vemos e temos pressa de estar juntos, nossas mãos deslizam imperceptivelmente, eu roço na cintura dele, ele toca no meu ombro, acaricia meu mindinho quando acende meu cigarro, e o tempo todo nos mantemos cinco centímetros mais próximos do que seria o correto entre dois amigos. Nos embrenhamos pelas ruelas em busca de algum lugar tranquilo e solitário, longe do sol, e ao entrarmos numa passagem subterrânea ele me empurra contra a parede, me beija e mete a mão dentro da minha calça. A força física dos homens só deveria servir para nos dar prazer, para nos espremer até que não restasse uma só gota de pesar ou medo dentro de nós. Aparece um adolescente com mochila, ele nos olha de lado, disfarçadamente, enquanto acelera o passo, eu quase me esqueci da desordem dos primeiros beijos, da precipitação e das manchas roxas que precedem a aprendizagem da lentidão e da imobilidade, dos gestos precisos como os de um cirurgião, quando deixamos de trepar só com o corpo e passamos a trepar também com a cabeça.

— Vão nos prender por atentado ao pudor — cochicho na orelha dele.

Santi começa a rir, afasta-se alguns centímetros dolorosíssimos de mim e, com muito cuidado, ajeita minha calça e minha blusa, como se eu fosse uma menininha, como deve fazer com suas filhas quando as ajuda a se vestir.

— A gente podia vir aqui trepar algumas noites, não acha? — digo. — Como adolescentes.

— Claro que sim.

— Eu venho de saia, assim vai ser mais fácil.

— Vamos comer alguma coisa, sua tarada.

— Não há nada como o amor vertical. Todo mundo sabe disso — acrescento.

Ele me dá um tapa na bunda.

Bebo uma taça de vinho branco na qual se derrete, triste, um cubinho de gelo que o simpático garçom, sem me perguntar e, decidido e resoluto, colocou ali quando eu lhe disse que talvez o vinho não estivesse suficientemente frio, enquanto Santi conversa animado com o dono do bar e me acaricia o joelho. Um homem que não é amável com os garçons não é amável com ninguém e acabará não sendo com você, penso. Cumprimenta-o efusivamente pelos croquetes de cogumelo, que com certeza são congelados. Olha sorrindo para o meu decote.

— Já te contei minha teoria de que os homens obcecados por comida só são assim porque não trepam o suficiente? — pergunto. — E que todos os restaurantes grã-finos desta cidade só sobrevivem graças a eles? Você percebeu que esses lugares estão sempre cheios de casais de meia-idade? Eles, com um relógio tão caro quanto um automóvel, falam de receita de croquetes, enquanto elas olham para o infinito com cara de nojo e de tédio, ou então contam calorias.

— E você conhece a minha teoria de que quando alguém tem vontade de foder é porque tem vontade de foder?

— Isso nunca havia me ocorrido. É possível.

Ele agarra minhas costelas com as mãos, como se eu fosse um corpete humano, e aperta até que a ponta de seus dedos quase se toquem.

— Como alguém pode ter seios assim com um corpo tão miúdo?

— Minha amiga Sofía acha peitos abundantes um estorvo e diz que eles deviam ser como os paus, aumentar de tamanho quando solicitados e ficar tranquilinhos e de um tamanho razoável quando não. Peitos retráteis.

Ele cai na risada.

— Suas amigas estão loucas. E você também.

Pede ao garçom mais duas taças. Tenho a sensação de que bebi muito. Quase não resta vinho na garrafa, e acho que quando chegamos ela estava quase cheia. Santi me beija segurando meu rosto com as mãos, como se eu fosse fugir. Pede mais croquetes, nos quais eu não toco, e diz ao garçom, suspirando e com cara de preocupação:

— Ela não come nada.

— Coma, mulher, coma.
Mordisco meio croquete e termino a taça.
— Vamos brindar — diz ele. — A nós.
— A nós.
Ficamos calados um momento, nos olhando.
— Minha vida é uma merda. Estou péssimo — murmura ele de repente.
— Eu também — digo.
E começo a rir com meu riso de hiena, segundo Guillem, que ensinou os meninos a imitá-lo à perfeição, ou com meu riso nervoso, segundo o psiquiatra.
— Como vai o trabalho? — pergunto.
— Faz três meses que eu e meus sócios não ganhamos nada. Nenhum escritório de arquitetura deste país tem trabalho, não estão construindo um só edifício. Não sabemos o que vai acontecer.
— Puxa, que desastre.
— Neste momento, nem que eu quisesse, eu poderia me separar. Não posso me dar ao luxo de pagar aluguel.
Outra prova do triunfo inevitável da luta pela igualdade de gênero, que serviu, sobretudo, para que eles se pareçam cada vez mais conosco, e não o contrário. Agora também os homens não se separam para não perder status, penso com certa melancolia.
— E eu também não poderia esquiar — acrescenta ele com candura.
— Pois é. Isso é que seria mesmo uma tragédia.
— Sua bruxa!
Faz mais de dois anos que tenho um caso com Santi. Nunca quis saber nada sobre o relacionamento dele com a mulher, por delicadeza, por respeito e por medo. Em geral, acho melhor saber o mínimo possível sobre as pessoas. Seja como for, mais

cedo ou mais tarde, elas se revelam, é só questão de tempo, um pouco, e de manter olhos e ouvidos abertos.

— Eu gostaria de ter estado com você no enterro.

— Vamos? — digo, me levantando.

Encontramos um hotelzinho agradável, um pouco antiquado, familiar, de frente para o mar.

— Gostou? Acha que serve?

— Sim. Perfeito.

Ele pede um quarto com vista para o mar, para fazermos a sesta, e começa a desabotoar minha blusa. A recepcionista nos olha imperturbável e continua teclando no computador. Pedimos um gim-tônica enquanto esperamos que o quarto fique pronto e saímos para a rua. A praia está quase vazia, há somente alguns corpos dispersos ao sol, enfeados pela luz do meio-dia, pela falta de privacidade e promiscuidade. Um corpo, até o mais incômodo, enfermo e decaído, pode ser grandioso e emocionante; cem corpos juntos ao sol nunca são. Fecho alguns botões da blusa.

Subimos para o quarto, um aposento simples e limpo de paredes brancas, com duas recatadas camas de solteiro cobertas por colchas jaspeadas do mesmo azul das cortinas, e com dois quadros de veleiros pendurados acima de uma pequena escrivaninha. Caio na risada.

— Camas de solteiro. Viu só? É a vingança da recepcionista pelo espetáculo lá embaixo.

— Desgraçada.

Mas é um quarto com vista para o mar e, da sacada, ele e o horizonte nos pertencem. Os corpos dos banhistas, transformados em formigas, recuperaram sua dignidade. Santi, arquiteto até o último fio de cabelo, incapaz de deixar um espaço como está, se houver a menor oportunidade de melhorá-lo, leva um dos colchões para a sacada, me derruba em cima dele e começa a me despir. Há tanta luz que eu quase não o vejo. Fecho os olhos e minha cabeça começa a girar. Abro e tento me concentrar em seus beijos, que vão subindo devagar pelas minhas pernas, mas estou muito tonta e a única coisa que desejo é que ele me traga um copo d'água.

— Você está muito pálida. Não está se sentindo bem? — ele pergunta.

Bebo dois goles e começo a vomitar. Tento me levantar, mas não me aguento em pé, ele vai comigo até o banheiro, continuo vomitando até não restar nada de sólido dentro de mim, depois passo um bom tempo devolvendo apenas líquido, e, quando já me livrei de todo o álcool, meu corpo continua empenhado em expulsar alguma coisa a mais. Meu corpo, outro paraíso perdido. Por fim, a ânsia para. Vejo nosso reflexo no espelho, meu corpo nu como um espectro cinzento de olhos vidrados, e Santi atrás de mim, vestido, o ciclista-esquiador da calça vermelha capaz de beber e se drogar sem limite e sem perder a pose, embora depois precise de estimulantes variados e não consiga dormir sem ter puxado um fumo ou tomado um sonífero. Se eu não estivesse tão mal, me acharia sexy. Estou louca pelo meu corpo assimétrico, molengo, ossudo, imperfeito, desproporcional, eu o mimo, o manuseio, dou tudo que ele me pede, sigo-o por toda parte, obedeço-lhe docilmente, nunca o contradigo. É o oposto de um templo. Tentei, tento, sem muito sucesso, que a minha cabeça seja um templo, mas o corpo deveria ser sempre um parque de diversões.

— Melhorou? — pergunta Santi.

Ele umedeceu uma toalha e a passa pela minha testa e pelo meu pescoço. Traz minha roupa.

— Mais ou menos.

— Esqueci como o álcool te faz mal quando você bebe e não come. Estava com muita vontade de te ver.

— Não se preocupe, a culpa é minha. O último gim-tônica

foi uma péssima ideia. Se eu não morrer esta noite, amanhã estarei bem.

Santi acomoda sua bicicleta no meu carro e dirige até minha casa. Baixo o vidro e fecho os olhos. Estou esgotada, só quero dormir. Ao chegarmos à porta, ele se despede precipitadamente, com um beijo nos lábios.

— Há muitos colégios por aqui, algum conhecido pode me ver — desculpa-se, olhando ao redor. E, antes de ir embora serpenteando, acrescenta: — Vou passar uns dias em Cadaqués com a minha família, uns amigos nos convidaram. Espero poder dar uma escapadinha pra gente se ver.

Fecho a porta e subo a escada às pressas. Acho que vou vomitar de novo. Corro para o banheiro.

5.

A entrada aqui de casa está cheia de caixas. Com a ajuda da empregada, encostei todas do lado esquerdo, seis pilhas que chegam quase até o teto, junto às caixas da minha última mudança, de dois anos atrás, que ainda não abri. Quando viemos morar aqui, fomos abrindo caixas e, quando já não cabia nem mais um alfinete, nem um livro, nem um brinquedo, paramos. Estão lá embaixo, para quando tivermos um apartamento maior. Já não me lembro o que tem dentro delas. Livros, imagino. Sempre que procurei alguma coisa, não encontrei e, quando algum dia eu abri-las, daqui a uns dois ou vinte anos, com certeza vão aparecer muitos tesouros. As suas estão cheias de livros, vasilhas, jogos de chá, toalhas e guardanapos. Custou demais para mim eu me desapegar das suas coisas, sobretudo das que eu sabia que você amava. Alguns dias eu pensava em jogar tudo fora, e cinco minutos depois me arrependia e decidia guardar até o último cacareco. Dali a três horas eu pensava em dar tudo outra vez. Acho que eu estava começando a decidir a que distância exatamente queria viver de você. É um equilíbrio difícil, é mais fácil manter distância dos vivos. Ao lado da parede de caixas, há um cabide de pé, que deixamos para que os convidados ponham suas coisas nas festas, no qual está pendurado seu blazer de lã azul acinzentada com listras terracota. Foi a única roupa sua que eu guardei. Não porque é um blazer de qualidade, mas porque vi você várias vezes com ele e porque o compramos juntas na sua loja favorita. Não tive coragem de levá-lo para a tinturaria. Seu cheiro ainda deve estar nele, mas não me atrevi a conferir, tenho um pouco de medo, é como um espectro empoeirado e cheio de pelos de cachorro que me cumprimenta quando entro em casa. Os mortos continuam me dando medo. Quando vi você morta, não senti medo, poderia ter ficado ali sentada ao seu lado durante séculos, simplesmente me pareceu que você já não existia, que a luz matinal de verão que entrava pela janela não encontrava mais nenhum obstáculo para se derramar pelo aposento e pelo mundo, só restavam os nossos despojos, a sua careta de dor, o silêncio, o cansaço e uma solidão nova, sem fundo — como chãos que, um após outro, vão se abrindo sob meus pés assim que piso neles —, me dando as boas-vindas. Se sua alma, ou algo assim, sobreviveu, saiu correndo daquele quarto tão deprimente. Não critico você por isso, com certeza a minha faria a mesma coisa.

— Que blazer asqueroso é aquele que você deixa pendurado lá embaixo? — pergunta Sofía ao entrar.

Ela está usando um vestido de linho branco com debruns vermelhos, um dos velhos trajes hippies de sua mãe que ela resgatou há algum tempo e reformou na costureira, transformando-os em algo novo e elegante. Sofía se veste com uma precisão e uma atenção aos detalhes muito incomuns nos dias de hoje — tenho a impressão de que só alguns senhores mais velhos ainda se vestem assim — e muito distantes do meu padrão jeans velhos e camisas masculinas. Antes de começar a conversar com ela uma tarde, na porta do colégio dos nossos filhos, eu já tinha atentado para a maluquinha excêntrica e impecavelmente vestida que um dia aparecia com um chapelão gigantesco para se proteger da chuva e no dia seguinte com uma bermuda de lã fúcsia por cima de um collant preto. Trocamos uma flechada amistosa, idêntica às que ocorrem na adolescência quando detectamos alguém que não só compartilha nossos gostos e nossas fobias, nossa queda pelo vinho branco e nossa mania de não levar nada a sério, como também tem a mesma maneira — consequência tanto de um temperamento apaixonado e confiante quanto de uma infância protegida — de se entregar ao mundo e aos outros: completamente.

— É o blazer da minha mãe — respondo. — Ainda não o levei à tinturaria porque na verdade não sei o que vou fazer com ele. É a única peça de roupa dela que eu guardei.

Conto que da última vez que vi Elenita, a filha de Marisa, minha babá, a extraordinária mulher que foi minha segunda mãe e que havia falecido anos antes de um ataque cardíaco, ela, Elenita, já muito doente de câncer, me recebeu com um dos robes floridos de sua mãe. Eu o reconheci na hora e me pareceu lógico que ela o vestisse, e também me pareceu premonitório e terrível o abraço da morte. E me lembrei de uma colega de escola, loira, comprida e desengonçada, muitíssimos anos antes me mostrando na aula de ginástica, antes de começar a correr pela pista de atletismo, uma meia amarela que ia até os joelhos e que era do seu pai, que tinha acabado de morrer de câncer. Eu era virgem na morte e aquilo me pareceu muito triste e romântico (na adolescência, o pesar era um sentimento tão volátil e rutilante quanto os demais, ao menos para mim). Um ano depois, quando fiz dezessete anos, meu pai morreu de câncer. E desde então os mortos se encadeiam; o último elo deste colar macabro, que pesa uma tonelada, serei eu, suponho.

— Acho que você devia levá-lo à tinturaria e depois guardá-

-lo na prateleira mais alta do armário — diz Elisa. — E daqui a algum tempo você decide o que fazer com ele, não há pressa.

Elisa também veio almoçar, quase nunca marcamos as três juntas, trios não funcionam nem na amizade.

— Vou preparar nossos coquetéis já, isso vai te animar — acrescenta Sofía.

Sofía é especialista em coquetéis e com frequência anda pela cidade com uma bolsa elegante de lona crua, cheia de todos os apetrechos necessários para prepará-los. Elisa trouxe sushi. Tiro da geladeira uns restos de queijo ressecado e nos sentamos à mesa. Brindamos à vida, a nós e ao verão. Ultimamente, todo mundo parece empenhado em brindar comigo, em convocar um futuro que não sei se chegará.

— Bom, meninas — digo. — Decidi passar uns dias em Cadaqués. Sexo, drogas e rock 'n' roll. Quem se candidata?

Elisa me olha com cara de preocupação e Sofía aplaude com entusiasmo.

— Isso, isso! Vamos para Cadaqués! — exclama, enquanto Elisa inicia uma palestra erudita sobre o efeito das drogas, Freud, o luto, a figura materna e os grandes perigos que me espreitam. Uma se dedica a desfrutar do mundo e a outra, a sofrer com ele e a analisá-lo.

— Já notou que, desde que passou a sair com um cubano, ela se veste de cubana? — Sofía sussurra para mim.

— É mesmo...

Elisa está usando uma saia rodada muito curta, branca, sandália de salto e uma blusa de bolinhas vermelhas. Seu longo cabelo escuro e ondulado está solto e a unha do pé, pintada de vermelho. Parece feliz e espevitada como uma menina de cinco anos. Todo mundo parece mais jovem quando está feliz, mas Elisa pode passar de cinco anos a cinco mil em dois minutos, ela quase nunca está no meio, vai ser uma velhinha com cara de esquilinho esperto, penso, enquanto ela continua falando com o ar sério de uma apresentadora de telejornal.

— Com o traseiro que ela tem, era só questão de tempo para ela sair com um cubano — acrescenta Sofía baixinho.

O problema, eu penso, é que embaixo, ou melhor, em cima dessa linda bunda cubana há uma mente brilhante e superanalítica de filósofo existencialista francês que nunca descansa, o que complica um pouco a vida dela. A coitada vive equilibrando sua bunda cubana com sua cabeça filosófica francesa.

— Você devia levar o cubano — digo, quando ela termina.
— O nome dele é Damián. Já te falei mil vezes — diz Elisa.
— Ah, é! Damián, Damián, Damián. Sempre esqueço. Desculpe. Mas, de qualquer forma, ele é cubano, não é? E é o único que eu conheço.

Elisa me olha muito séria, sem dizer nada. As relações sempre muito exaltadas e bastante conflitivas com minhas amigas se apaziguaram durante a longa doença da minha mãe. Eu me pergunto quanto tempo vai levar para voltarem ao normal.

— Ah, sim! Vocês vão juntos, vão juntos! — exclama Sofía. — Aliás, como você está com o Damián? Está feliz?
— Estou. Mas ele é muito exigente sexualmente. A verdade é que estou esgotada — responde Elisa.

Elisa é capaz de transformar qualquer assunto, inclusive o sexo com um namorado novo, numa coisa sisuda e intelectual. Sofía, em compensação, transforma tudo em algo frívolo e festivo que gira ao seu redor. Cada um de nós tem seu tema principal, um fio condutor, um estribilho, um perfume próprio que nos envolve, uma música de fundo que nos acompanha, inalterável, silenciada às vezes, mas persistente e inevitável.

— Quem mais vai subir? — pergunta Sofía.
— Deixa eu pensar... Ah, sim! Meus dois ex-maridos.
— O quê? — exclamam as duas ao mesmo tempo.

— Você vai para Cadaqués com os seus ex-maridos? Você está brincando, não está? Você acha normal? — pergunta Elisa.

— Não sei se é normal, mas vocês mesmas não passam o dia todo repetindo que eu não posso ficar sozinha, que preciso estar cercada por pessoas que me amam? Então, acho que Óscar e Guillem me amam.

— Eu acho ótimo — declara Sofía. — A normalidade é um nojo. Um brinde aos anormais!

— Aos anormais! — exclamo, e nos abraçamos.

Sofía não pode tomar duas taças a mais que já começa a beijar e a declarar amor eterno à pessoa que estiver mais perto dela.

— E Santi também vai. Com a família dele — acrescento.

Desta vez, até Sofía me olha com cara de incredulidade.

— Vai ser divertidíssimo, vocês vão ver.

As duas me encaram com olhos arregalados. Caio na risada.

6.

A viagem a Cadaqués parece uma expedição. No banco de trás vão os três meninos, Edgar, Nico e Daniel, o filho de Sofía, ao lado de Úrsula, a babá. Eu dirijo e Sofía serve de copiloto. Continuo achando estranho e um pouco absurdo que seja eu a comandar tudo isto, a decidir a hora em que vamos sair, a dar instruções a Úrsula, a escolher a roupa que os meninos vão levar, a dirigir o carro. A qualquer momento, penso, enquanto observo pelo retrovisor os meninos rindo e brigando ao mesmo tempo, vou ser desmascarada e enviada para o banco de trás junto com eles. Sou uma fraude como adulto, todos os meus esforços para sair do pátio do recreio são estrepitosos fracassos, sinto exatamente como me sentia aos seis anos, vejo a mesma coisa, o cachorrinho saltitante cuja cabeça aparece e desaparece pela janela do térreo, o avô dando a mão ao neto, os homens bonitos com o radar ligado, o reflexo das minhas pulseiras tilintantes quando capturam algum raio de sol, os idosos solitários, os casais que se beijam apaixonadamente, os mendigos, as velhas suicidas e desafiadoras que atravessam pelo meio da rua em passo de tartaruga, as árvores. Todo mundo vê coisas diferentes, todo mundo vê sempre a mesma coisa, e o que vemos nos define por inteiro. E amamos instintivamente os que veem o mesmo que nós, os reconhecemos de imediato. Ponha um homem no meio da rua e pergunte a ele: "O que você está vendo?". E na resposta dele estará tudo, como num conto de fadas. O que pensamos não é tão importante; o que conta é o que vemos. Eu daria sem hesitar minha patética coroa de adulto, feita de papel machê, que uso com tão pouca graça, e que a todo instante cai no chão e escapole rolando rua abaixo, para voltar ao banco traseiro do carro da minha mãe, espremida entre meu irmão, Bruno, a babá Marisa, a filha dela, Elenita, que sempre saía de férias conosco, Safo e Corina, nossos dois salsichinhas, e Lali, o caniche gigante de Marisa, uma cadela pulguenta, estabanada e maluca que detestava Cadaqués e nossos refinados *dachshunds*.

— Meninos, o que vocês acham de comprarmos uma mesa de pingue-pongue para a garagem de Cadaqués?

Todos concordam com entusiasmo.

— Mas é preciso ter muito cuidado com cães e mesas de pingue-pongue, hein?

— Por quê? Por quê? — perguntam ao mesmo tempo Nico e Daniel. Edgar, como um bom adolescente, se distrai com seu celular e não diz nada, mas noto que está atento, ele sempre está atento.

Então, conto aos meninos que Lali, a cachorra psicopata de Marisa, quando estava em Cadaqués tinha de repente uns ataques de loucura e disparava escada abaixo como um raio, enquanto Elenita, Marisa e eu corríamos atrás dela gritando e tentando agarrá-la. Então, quando já estava perto da garagem, ela se atirava pelo vão da escada, que tinha uns quatro metros de altura, e aterrissava em cima da mesa de pingue-pongue, na qual meu irmão e seus amigos jogavam tranquilamente. Os garotos, coitados, levavam um susto tremendo ao verem um gigantesco cão negro se estatelando na mesa e fugiam apavorados, o que deixava Bruno furioso, porque, à medida que o verão avançava, ele ia ficando sem amigos para jogar pingue-pongue. Além disso, ele tinha certeza de que era eu que havia ensinado Lali a se atirar em cima da mesa de propósito, só para aborrecê-lo.

— E com certeza era verdade — diz Edgar, me olhando de esguelha. A vovó dizia pra você: "Você é má, Blanca, você é má".

— Sua avó nunca dizia isso — minto.

— Dizia, sim, sempre que te via.

— Era brincadeira. Sua avó me adorava.

— Sei, sei.

A vovó estava assustada, a mulher sem medo começou a conviver com ele ao sentir que lhe faltavam as forças, a cabeça, os amigos, a corte que sempre a rodeara ("Sabe uma das coisas mais duras quando envelhecemos?", me disse um dia. "Perceber que o que dizemos já não interessa a ninguém"), ao ver que o tempo se acabava, que tudo se acabava, menos sua furiosa vontade de viver. A vovó nunca se dava por vencida, travava todas as batalhas e estava acostumada a ganhá-las. Acho que só admitiu que a partida estava perdida no último dia. Eu, sentada na cama do último hospital, que continuo visitando nos meus pesadelos (embora não com tanta frequência como a casa de idosos onde ela passou os dois meses anteriores e onde entendi que os filmes de mortos-vivos eram absolutamente realistas e que seus diretores não tinham inventado nada), disse a ela que não se preocupasse, que era a sua terceira pneumonia e que ela iria ficar boa. E também disse que eu ficaria bem, que os meninos ficariam bem, que tudo estava em ordem. Ela me olhou e, sem dizer nada, já não conseguia falar — não sei que tipo de moribundo tem disposição para pronunciar uma última frase, os muito preocupados com a posteridade, imagino, ou talvez todo esse papo de última frase não passe de mais uma conversa fiada —, começou a chorar sem fazer barulho, sem mover um só músculo do rosto, me olhando fixo. Ana, sua melhor amiga, que estava no quarto nesse momento, disse, para me poupar, acredito, que devia ser o ar-condicionado que irritava seus olhos, mas sei que você estava me dizendo adeus. Não derramei uma lágrima, apertei com suavidade sua mão e te disse de novo que ficasse tranquila, que todos nós íamos ficar bem. Meses antes, quando sua morte ainda era impensável para mim, e continua sendo, estávamos na sua casa conversando e de repente, como quem diz "Preciso de pasta de dentes", sem me olhar, de pé, enquanto ia buscar alguma coisa no banheiro, você me disse "Foi uma honra conhecer você". Eu te fiz repetir isso duas vezes, naquela época nosso amor já se tornara muito doloroso, eu pensava que você não me amava e não sabia se continuava te amando. Então, comecei a rir e disse para não falar bobagens, e dois minutos depois já estávamos brigando de novo. Agora acho que você já sabia que o tempo das reticências, que você tanto detestava, havia chegado ao fim. Começavam os pontos finais, como punhais, como balões de oxigênio.

 Na faixa contígua, Elisa, que subiu com Damián em seu próprio carro, acena alegremente para nós. Olho para eles com certa inveja, imagino que estão ouvindo música — a música que eles querem, e não a que os meninos querem —, conversando ou pensando nas coisas deles. Imagino também que Elisa, que não tem filhos, pôde tomar banho sozinha, ou com Damián, sem que o menino e sua babá risonha entrassem no banheiro para perguntar onde estava a fantasia de mandarim, já que era imprescindível levá-la para Cadaqués, porque em Cadaqués ou você se vestia de mandarim ou era melhor nem ir. "E ponto final", acrescentou Nico. "Estou debaixo do chuveiro, não estão vendo? Fora daqui." Nico protestou e Úrsula começou a rir, sua técnica para enfrentar qualquer situação. Ela tirava do sério meu segundo ex-marido, mas a mim isso sempre pareceu engraçado. "A leveza é uma forma de elegância", eu dizia, "viver com leveza e elegância é dificílimo." "Você confunde leveza com acomodação, Blanquita, todo mundo passa a perna em você."

Para que a viagem não ficasse muito monótona, decidimos parar no meio do caminho para almoçar com Tom. Tom, o pai de Daniel, foi companheiro de Sofía quando os dois eram muito jovens, e eles continuaram amigos depois que o relacionamento acabou; assim, quando viu que estava chegando sozinha à idade na qual ter filho ia ser cada vez mais complicado, Sofía decidiu procurá-lo e pedir que ele lhe fizesse um. Tom, que naquele meio-tempo havia se casado, tido duas filhas e se separado, concordou, deixando muito claro que, embora estivesse disposto a dar seu nome ao menino e a vê-lo de vez em quando, o filho seria de Sofía e só de Sofía, porque ele já tinha duas filhas que o ocupavam demais e não queria mais crianças. Sofía aceitou o trato, agradecida e consciente do presente que ele estava lhe dando, e Tom seguiu sua vida.

Tom mora numa casa desconjuntada no meio de um terreno imenso, que ele destina ao abrigo de cães abandonados e à criação de beagles. Se eu fosse outra pessoa, um dos meus sonhos seria viver no campo cercada de animais, só que, se não tenho por perto um cinema, um supermercado aberto vinte e quatro horas e um monte de desconhecidos, me angustio. Mesmo assim, a perspectiva de ver uma ninhada de filhotes me empolga tanto quanto aos meninos. E ter saído da estrada de Cadaqués, para onde daqui a pouco voltaremos, foi um alívio inesperado. Todos os caminhos já percorridos com a minha mãe me doem: a morte, tão perversa, nos expulsa de todos os lugares. Talvez devêssemos ficar com um filhotinho de beagle, penso enquanto percorremos o longo caminho de terra, tranquilo e solitário, que conduz à casa de Tom. Na entrada, uma pequena tabuleta verde e empoeirada, com cães saltitantes, anuncia: "Vila Beagle". Tocamos a campainha e ninguém aparece. Os meninos trepam na cerca e começam a gritar: "Tom! Tom!". Ouvem-se uns latidos ao longe e de repente surge uma matilha de cães de todas as idades, raças e condições, trotando em nossa direção. A visão desses animais, inventados e domesticados por nós, e acostumados a viver confinados em apartamentos, mas agora desfrutando, embora momentaneamente, de liberdade, sempre me deixa de bom humor. A alegria sem limites de correr ao sol, orelhas ao vento, língua de fora, cauda frenética. A felicidade de simplesmente estar vivo, de aceitar a dádiva sem fazer perguntas. Os cachorros se aglomeram do outro lado da cerca e os meninos gritam, incapazes de conter a excitação. Atrás dos cães, vemos dois rapazes se aproximar sorridentes. Avançam com passadas largas e relaxadas, como se estivessem abrindo caminho através de um campo de trigo alto, estão com jeans gastos, têm olhos sonolentos, as silhuetas flexíveis da juventude e o olhar levemente sonso dos bagunceiros da turma, dos que passaram muito tempo na rua. Observo divertida, e com um pouco de inveja, os dois passarem discretamente um baseado de um para o outro, enquanto chamam cada cão pelo nome e brincam com eles. Abrem a grade para entrarmos e nos dizem que Tom está em casa, que acabou de acordar e já vem. Os cães nos saúdam alegremente com saltos, lambidas e alguns latidos, reprimidos na hora pelos dois rapazes. Os meninos, que nunca tinham visto tantos cães juntos, depois de uns minutos de indecisão saem correndo pelo campo, rindo e gritando, com os animais saltando atrás. Um deles, porém, não sai do meu lado, um cachorro velho e arrepiado que lembra vagamente um pastor-alemão. Foi o primeiro que eu vi, veio na traseira do grupo, um pouco afastado, com ar triste e cansado. Notou que eu o observava e se aproximou. Quem já teve cachorro sabe que são eles que nos escolhem, e não nós a eles. É um reconhecimento semelhante ao que se dá, às vezes, poucas, entre duas pessoas, mudo, rápido, inquestionável. Nos cachorros, porém, dura a vida toda. Acaricio sua cabeça e, toda vez que retiro a mão, ele aproxima o focinho da minha perna e me dá pequenos empurrões, pedindo mais afago.

— Qual é o nome dele? — pergunto a um dos rapazes.

— Rey.

— Claro. Imagino que em algum momento da vida ele foi um rei para alguém.

O jovem desengonçado sorri para mim e, sem dizer nada, me passa o baseado.

— A dona dele morreu de câncer uns meses atrás e ele ficou aqui.

Eu me agacho e acaricio de novo a cabeça do animal.

— Acho que você continua sendo um rei, sabia? Se vê de longe. Ficou sozinho, é? Ora, ora. Que sacanagem, hein?

Dou-lhe umas palmadinhas no lombo, ele tem o pelo rijo e duro, um pouco áspero, preto, com a barriga e as extremidades de um louro avermelhado. O olhar profundo, sério e velado dos cachorros velhos e dos homens doentes. Se você gosta de gente, é impossível não gostar de cães.

Ao longe, Edgar inspeciona com ares de proprietário de terras as figueiras que margeiam o prado, carregadas de frutos a ponto de explodir. Acho que ele nunca será tão adulto, tão consciente de tudo, tão sério, tão bondoso, tão discreto, tão econômico nas palavras, tão sensível e responsável como é agora, com treze anos, e que eu, é claro, nunca o alcançarei. Talvez o sentimento mais elevado que se pode sentir por outra pessoa seja o respeito, mais do que o amor ou a adoração. Damián se aproxima de mim e pede baixinho que eu lhe passe disfarçadamente o baseado, já que Elisa não gosta que ele fume, e Sofía começa a flertar com o outro jovem cuidador de cães, que descobrimos ser romeno e que mal fala castelhano. Roger, que está conversando comigo, é catalão e, enquanto fumamos, me explica que eles não só abrigam animais abandonados como também oferecem serviço de hospedagem de cães para pessoas que viajam ou saem de férias e não têm onde deixar o seu. Nesse momento Tom aparece. Dá para ver que ele se vestiu às pressas, está com a calça rasgada.

— Sua bunda está aparecendo — diz Sofía para cumprimentá-lo.

Ele apalpa a parte de trás da calça e começa a rir. Fala castelhano como um garoto refinado de Barcelona e catalão como um camponês do Empordà. Tem o cabelo cor de mel, os olhos azuis e românticos da sua mãe inglesa e a corpulência própria de alguns homens do Sul, o corpo quadrado, forte e barrigudo, as mãos curtas e grossas, a pele morena rachada pelo sol. É direto e fita sempre nos olhos, suponho que aprendeu isso com os cães. Ri com facilidade, é objetivo e sabe mandar. Gosta de bichos, mulheres, pôquer e maconha. Segundo Sofía, atrás do terreno dos cães ele tem uma plantação de vários quilômetros, que o ajuda, entre outras coisas, a manter o refúgio de animais.

Decidimos ver os filhotes antes de almoçar. Atravessamos um campo de figueiras e oliveiras e chegamos a uma construção comprida e baixa, dividida em cubículos. Alguns deles ficam na parte externa e estão cheios de cachorrinhos que saltam e correm como loucos quando nos ouvem chegar, e outros, os dos recém-nascidos, dão para um pátio interno na penumbra, são mais frescos e tranquilos, afastados da agitação dos cães maiores. Paira no ambiente um pouco da solenidade e do estupor que todo deslumbre, humano ou animal, provoca. A sensação, falsa, é claro, de que se está prestes a tocar com a ponta dos dedos o princípio de tudo, a bem-aventurança. Os meninos percebem isso, o esgotamento, a entrega e o abandono das fêmeas recém-paridas, a desorientação e a fragilidade dos filhotinhos cegos e feios como camundongos carecas, o nauseabundo odor da vida, e se mantêm em silêncio, sem se atrever a entrar. Me pedem que levemos um dos filhotes maiores. Penso em ficar com uma cachorrinha e dar a ela seu nome, mamãe, mas na hora me ocorre que é uma ideia típica da maconha e que eu não devia fumar em jejum. Digo a eles que peçam aos Reis Magos.

Vamos almoçar num hotelzinho de estrada, um lugar agradável e simples, sem nenhuma pretensão estética, no qual se come muito bem, uma comida caseira como a que nunca houve na minha casa. Como você me contou um dia, quando a fase das mamadeiras e papinhas terminou, você procurou nosso pediatra, que era uma grande eminência, um sábio atraente e imponente que me aterrorizava — lembro que uma vez ele me expulsou do consultório porque eu chorava —, para falar de nutrição infantil e contar que nunca havia posto o pé na cozinha e que não tinha a menor intenção de fazer isso. O dr. Sauleda disse para você não se preocupar, que, em princípio, se houvesse leite ou produtos lácteos na geladeira, alguma fruta, biscoitos e talvez um pouco de presunto cozido, tudo ficaria bem. Portanto, antes de chegarmos à puberdade, já éramos especialistas em queijos franceses, já sabíamos como é importante, por via das dúvidas, manter sempre uma garrafa de champanhe francês na geladeira, e nos parecia a coisa mais natural do mundo que em algumas noites o jantar consistisse apenas numa torta da Sacha, nossa doceria favorita. Em casa, a cozinha só era usada para esquentar comida, quando tínhamos convidados, e para que a empregada preparasse o repugnante arroz cozido com fígado de que os cães tanto gostavam antes de ser obrigados, junto com o resto da humanidade canina, a se alimentar apenas de ração. Fosse como fosse, o dr. Sauleda devia ter razão, pois crescemos altos, fortes e saudáveis, e nos tornamos dois jovens bastante atraentes e refinados para os quais não havia — no meu caso continua sendo assim —

nada tão exótico e gostoso como comida caseira, e que, quando convidados para a casa de amigos, se lançavam, diante do olhar atônito e lisonjeado da anfitriã, sobre lentilhas, arroz à cubana ou macarrão como se fossem os manjares mais deliciosos do mundo.

Quando acabamos de comer, os meninos e Úrsula se jogaram na piscina e nós fomos tomar café na varanda. Imediatamente nos trazem uma garrafa de ratafia e uns copinhos, para que nós mesmos nos servíssemos. Tom é frequentador habitual do lugar e tem seus hábitos. Conta que está prestes a participar de um importante torneio de pôquer.

— Minha mãe adorava jogar pôquer — conto.

— Ah! — diz ele — Então fale pra ela vir.

O fato de alguém não saber que minha mãe morreu me parece tão inverossímil quanto alguém não saber que a terra é redonda.

— Ela está morta. Morreu há trinta e quatro dias.

Ele me olha com ar surpreso e sério. Tenho vontade de rir e dizer: "É brincadeira! Estou tirando um sarro de você. Minha mãe está ótima, insuportável como sempre".

— Puxa, sinto muito, eu não sabia.

— Ela tentou me ensinar a jogar pôquer um milhão de vezes.

— Bom, talvez eu possa te ensinar.

— Sim, seria ótimo.

Tom acabou de se separar da namorada — segundo Sofía, uma esotérica maluquinha que vive nas montanhas — e está com o radar ligado. Há homens que não têm um radar sexual ou que o usam só quando precisam; depois desligam. E há outros que o mantêm ligado o tempo todo, girando enlouquecido, emitindo e recebendo ondas quando dormem, na fila do supermercado, na frente do computador, na sala de espera do dentista. A civi-

lização subsiste graças aos primeiros, o mundo graças aos segundos.
— Por que não vamos ao cinema? — propõe Sofía de repente.
Bebemos bastante e todos acham uma boa ideia dar um tempo antes de pegarmos o carro de novo.
— Sim, sim, vamos — diz Tom. E dirigindo-se a mim: — Podemos sentar juntos e ficar de mãos dadas.
Rimos. E, embora eu não esteja propriamente atraída, começo a flertar com ele. Sinto como se o mel começasse a escorrer, líquido e solar, como duas crianças prestes a roubar um saquinho de guloseimas e sair depressa da loja, morrendo de rir e de medo. Não é o mel espesso, lento e escuro pelo qual estamos dispostos a ir até o inferno, mas de qualquer jeito é mel, o antídoto contra a morte. Desde que você morreu, e até antes, tenho a sensação de que ando me limitando a furtar amor, a me satisfazer com a menor migalha que encontro pelo caminho, como se elas fossem pepitas de ouro. Estou arruinada e preciso que me esgotem. Até o sorriso da moça do supermercado, a piscadinha de um desconhecido na rua, uma conversa banal com o cara do quiosque, tudo me serve, tudo eu sugo, nada é suficiente, nada serve para nada.
O filme conta a história de um menino cujo cão morre atropelado por um carro para então ser ressuscitado por seu jovem dono, morrer de novo e ser reanimado uma última vez. Nos acomodamos em duas fileiras, os adultos na frente e Úrsula com as crianças atrás. Tom segura minha mão e passamos o filme todo assim, com as mãos entrelaçadas, em certo momento ele a beija discretamente e toca meu pescoço com os lábios. Apoio a cabeça em seu ombro e fecho os olhos por alguns segundos. Ele acaricia meu joelho, eu me deixo levar, é muito agradável, mas não eletrizante. Talvez seja necessário desejar minimamente as coisas

antes de consegui-las. Nós dois nos emocionamos com o final do filme e nós dois disfarçamos. É a atitude mais civilizada que tive com um homem em muitíssimo tempo. Os meninos estão ótimos e agora, mais do que nunca, querem um cachorro. Quando a tarde começa a cair, voltamos à casa de Tom. Edgar pede permissão para colher alguns figos maduros, os cães abandonados correm pelo prado pisoteando os últimos raios de sol que se infiltram entre as árvores e as nuvens. Rey se aproxima para fazer festa para mim com parcimônia, velho monarca pulguento e destronado.

— Por que não fica com ele? — Tom pergunta. — É um bom cão. E gostou de você. Não me surpreende.

— Eu também gostei dele. Mas não sei, eu tinha pensado que para os meninos talvez fosse melhor um filhote. Nenhum dos cachorros com os quais eu convivi era realmente meu, eram da minha mãe ou do meu companheiro. Minha mãe dizia que eu era incapaz de cuidar de um animal. Admiro muito o trabalho que você faz aqui, esses desalmados que abandonam seus cães deviam ir para a cadeia.

— Obrigado. Bom, se um dia você quiser, já sabe onde fica.

Antes de irmos embora, ele nos dá uma sacola de plástico enrolada sobre si mesma e atada com muitos nós. Sofía abre o embrulho, ri e me mostra.

— Então a história da plantação de maconha é verdade!

— Achei que seria bom para as férias de vocês. Até mais.

Chegamos a Cadaqués bem tarde e carregamos os meninos adormecidos para suas camas. Deixo meus amigos com um gim-tônica no terraço e vou dormir. Antes de deitar, vejo que tenho uma chamada perdida de Tom. Não ligo de volta, ele está procurando alguém, mas não a mim. Abraço o travesseiro. Peço uma noite tranquila, embora já saiba que não será concedida. Levo um uivo dentro de mim. Normalmente ele me deixa em paz durante o dia, mas à noite, quando desabo na cama e tento dormir, ele desperta e começa a me rodear como um gato furioso, arranha meu peito, crispa minha mandíbula, golpeia minhas têmporas. Para acalmá-lo, às vezes abro a boca e finjo que grito em silêncio, mas não consigo enganá-lo, ele continua aqui, enlouquecido, tentando me dilacerar. O amanhecer, os meninos, o pudor e as ocupações cotidianas o emudecem e o amansam por algumas horas, mas depois, quando a noite cai e fico sozinha, ele comparece pontualmente ao nosso encontro. Fecho os olhos com força. Abro. Aqui está ele de novo.

7.

No dia seguinte, acordo bem cedo e subo ao terraço para ver o mar. As lembranças se amontoam, formando um manto compacto que, desta vez, não me sufoca. Acho que uma casa familiar é isso, um lugar por onde todo mundo passou e onde tudo aconteceu. A vida, a nossa tão afortunada vida. Meu avô chegando de Barcelona com caixotes de frutas, Remei levando a roupa suja para lavar, os toucinhos do céu gigantes que Pepita de La Galiota fazia e nos trazia numa bandeja, o gaspacho da Marisa, os eternos cafés da manhã com torrada e manteiga, as toalhas de praia coloridas secando na balaustrada, as sestas forçadas, vestir-se para ir ao vilarejo, os sorvetes da tarde, o tiro ao alvo. E as primeiras bebedeiras, os primeiros amores, as primeiras alvoradas, as drogas — deslizar por um mar de seda depois de um ácido, os personagens dos quadros do salão adquirindo vida e se transformando em monstros, dançar ao amanhecer com uma amiga na praça deserta e chocar-se contra uma árvore —, os amigos de cada verão, as noites em claro, as risadas loucas, a emoção de nunca saber o que ia acontecer, a certeza inapelável de que o mundo nos pertencia. E quando aprendi a ter namorado, os namorados. A concepção do meu primeiro filho. As subidas a Cadaqués com as crianças. Os meninos abrindo a cabeça na arquitetura pontiaguda dos anos 70, como ocorria todo verão com o meu irmão vinte anos antes. As separações. Sua velhice, mãe, quando as portas de casa, que até então estavam escancaradas para todo mundo — lembro que não as trancávamos nem à noite —, começaram a se fechar, empurradas por um vendaval invisível. E quando a felicidade, pouco a pouco, deixou de ser o que era, embora a rotina de cafés da manhã, barco, almoços, sestas e baralho quase não se alterasse. E ver meus companheiros de farra com filhos e com o olhar cansado; quando jovens, mesmo esgotados, nós nunca temos o olhar cansado, e agora há dias em que eu mal consigo levantá-lo do chão. E a morte de Marisa. E a de Elenita, a filha dela, poucos anos depois. E me sentir obrigada a subir a Cadaqués para passar uns dias com você, embora isso já não me apetecesse muito, e depois nada. Ver a casa envelhecer com você, ficar sem ninguém e, por fim, se transformar em você. No entanto, a luz rosada e branca da manhã, o ar diáfano e o mar reluzente e tranquilo desmentem todas as tragédias do mundo e se empenham em afirmar que somos felizes e que temos tudo. Se eu não olhasse para trás, quase pareceria que a vida está começando, pois a paisagem é idêntica àquela dos meus vinte anos. Ergo os olhos para o seu quarto, o mais amplo e bonito da casa, o que tem a melhor vista. Às vezes você se punha no alto da escada com uma de suas túnicas de verão compridas e maltrapilhas — que você pedia que as empregadas fossem comprar no mercadinho, você nem se dignava a ir comprá-las ou escolhê-las, tão convencida estava de que a elegância é um assunto mental, não estético — e seu cabelo grisalho enlouquecido, e dali, como um general liderando suas tropas, dava as instruções do dia. Às vezes, estávamos tagarelando tranquilamente no terraço, balançando na rede, e de repente, lá do seu quarto, você metia o bedelho na conversa com algum comentário engraçado ou maldoso. Hoje ninguém ocupa seu quarto, eu não posso nem entrar, talvez ponha Guillem com Patum lá. Fujo da casa antes que os outros acordem, preciso de um café e gostaria de ir ao cemitério. O vilarejo está cheio de veranistas, mas a esta hora parece tranquilo, os madrugadores compram pão e jornal e planejam o almoço antes de ir navegar ou de começar a fazer os deveres com os filhos. Manhãs em que o mais importante é decidir o que se vai comer ao meio-dia e besuntar as crianças com filtro solar. Quase não há jovens na rua a esta hora. Devem estar dormindo. Do que mais sinto saudade da minha juventude é de dormir profundamente, com o corpo largado. Agora me enfio na cama como se me enfiasse num caixão. Há dias que, para não enfrentá-la, adormeço encolhida no sofá. Conseguir sexo é relativamente fácil, já conseguir que alguém nos abrace a noite toda é outra história, e nem isso garante um sono tranquilo; há homens bem incômodos. A brisa cálida da manhã faz o vestido que estou usando, de uma seda fina como papel de cigarro, flutuar sobre a minha pele. Conseguir não pesar e que nada pese, a tristeza faz tudo pesar duas toneladas. No quiosque da praça, ao qual vou desde menina, me dão condolências outra vez, com discrição, quase vergonha. Sempre agradeço quando não transformam a dor em espetáculo, nem a solidariedade; não fazer isso com o amor é mais difícil, há algo fluorescente nos casais de amantes, como se eles estivessem no centro de um redemoinho, como se nenhum vento pudesse arrastá-los, nunca somos tão poderosos como quando estamos apaixonados e somos correspondidos, e essa experiência leva o limite tão para o alto que, pelo menos no meu caso, só a breve faísca de sexo serve de substituto, o amor de baixa intensidade não serve, porque ele não existe. No calçadão, cruzo com Joan, o prefeito, ele veste uma bermuda azul-marinho e uma camisa branca impoluta, está bronzeado e sempre parece feliz. Nós dois nos conhecemos desde criança e ele foi amabilíssimo quando lhe escrevi para dizer que você gostaria de ser enterrada aqui. Respondeu que sim, que era possível e que, enquanto houvesse vida, nada estava perdido. Eu já sabia que tudo estava perdido, mas agradeci suas palavras e sua ajuda. Acho que você está enterrada num dos lugares mais bonitos do mundo. Algum dia, logo, agora que, com a minha boa saúde e os meus quarenta anos, ainda posso encarar a morte, vou comprar um nicho ao lado do seu, dali se vê o amanhecer, não precisaremos nem levantar. Joan é bonito, educado e sedutor. Talvez um pouco atraente demais para um político. Sempre que o vejo, pergunto se ele é mesmo o prefeito de Cadaqués. Ele se mata de rir. Os caminhos do flerte são inescrutáveis. Acho incongruente e extraordinário que um amigo meu seja prefeito, como se todo mundo tivesse que continuar comigo no pátio da escola pulando corda e olhando as nuvens. Meu pai dizia que ser prefeito de Cadaqués devia ser o melhor emprego do mundo, embora eu nunca o tenha ouvido dizer isso, foi você quem me contou. Também não me lembro de ter estado um dia com ele em Cadaqués, vocês dois se separaram quando éramos bem pequenos. Muitas coisas que sei dele, sei por você. Lembro de um dia, na penúltima residência em que você esteve, da qual foi expulsa por mau comportamento; na verdade foi bem mais do que isso, o Parkinson estava devorando seu cérebro, foi como um dique que se abriu, e o resto, sem o controle da sua extraordinária cabeça, começou a inundar. A verdade é que você já estava doente demais para continuar naquele apart-hotel luxuoso para idosos, embora você insistisse, furiosa e desesperada, sobretudo furiosa, que não era assim. Tentei conversar com você e te pedir que fosse razoável, que abaixasse as armas, que parasse de recusar nossa ajuda, que, se aquele era o final, que então agíssemos bem, como sempre havíamos dito que seria, com dignidade, com calma, em paz. Citei como exemplo meu pai e a integridade dele diante da doença e da morte. Me contaram — você me contou — que, já muito doente, um dia ele disse no hospital: "Considerando que a vida é uma sacanagem, a minha correu muito bem". E você, me olhando entre trevas, rebateu: "A morte do seu pai não foi assim, não foi como você pensa".

Não tive coragem de te perguntar como havia sido e você também não disse mais nada, deixou essa frase envenenada pairando entre nós, cravou-a em mim, não sei se num rompante de lucidez ou de loucura. Nunca saberei, nem quero saber, se papai morreu gritando, apavorado, ou com a dignidade heroica que ajudou a mim, uma menininha estúpida, a viver por tantos anos.

Entro no Marítim para tomar o café da manhã e de repente vejo, numa das mesas dos frequentadores habituais — os turistas sentam à beira da praia e os clientes de toda a vida nas mesas junto à vidraça, as mais protegidas do vento, as que permitem ver quem entra e quem sai —, o misterioso homem bonito do seu enterro. Reconheço-o na hora, a cabeça grande e poderosa, o olhar vivo, rápido e um pouco brincalhão, a barba castanha, o cabelo mais loiro, abundante e revolto, o nariz grande, os lábios grossos camuflados pela barba, o corpo esguio e magro, mas forte. Está lendo o jornal, levanta os olhos ao sentir que alguém se aproxima. Deixo escapar um sorriso e nós dois desviamos rapidamente o olhar. Seja como for, não estou muito disposta a mais pêsames nem a impor minha tristeza e meu cansaço a um desconhecido. Mesmo assim me aprumo, tiro os óculos escuros e subo um pouco o comprimento do vestido. Acho que compartilho com a maioria das mulheres do planeta, e talvez com o papa e com algum outro líder religioso, a ideia louca de que o amor é nossa única salvação. Os homens, e algumas mulheres inteligentes, sabem que o trabalho, a ambição, o esforço e a curiosidade também nos salvam. Seja como for, acho que ninguém pode viver sem determinada dose de amor e de contato físico. Abaixo de certo nível, apodrecemos. As prostitutas são imprescindíveis, deveria haver prostitutas também do amor, se o amor não fosse tão difícil de reproduzir e de fingir, tão trabalhoso, extenso e subterrâneo. Tão ruinoso também.

— Com quem você está flertando? — Sofía senta ao meu lado e deixa seu enorme chapéu de palha numa cadeira.

— Como sabe que eu estou flertando?

— Porque você está com a postura ereta e sinuosa de quando flerta. Já dá pra ver sua calcinha.

Começo a rir.

— Não é verdade. E é um maiô.

— Tudo bem, tudo bem, inclusive acho perfeito. — E, dirigindo-se ao garçom que passa com uma bandeja cheia de croissants e de torradas com manteiga: — Pode me trazer um chope, por favor? Pequeno. — E indica um tamanho minúsculo com o indicador e o polegar. — É que estou com um pouco de ressaca.

Observo-a com o canto do olho, tão pequena, com seu short pregueado, sua camiseta listrada e seus óculos gatinho. O cabelo escuro na altura dos ombros, sempre impecável, que ela lava, seca e alisa todos os dias, esteja onde estiver. Pele uniformemente morena. A boca perfeita, com uma pequena pinta no lábio superior. Olhos expressivos. Corpo delgado, musculoso e bem-proporcionado.

— Lembra que comentei com você que no enterro eu vi um homem muito bonito que eu não conhecia?

— Lembro, sim.

— Pois ele está aqui.

— O quê? — Ela olha ao redor com a discrição frenética de um ornitologista a quem disseram que uma ave extinta está cru-

zando os ares. E sorri. — Já sei quem é. O homem perto da janela. Conheço bem você ou não?
Rio de novo.
— Como você adivinhou?
— Foi muito fácil. Ele tem todas as características de que você gosta: nariz grande, corpo forte mas magro, a elegância relaxada dos que se sentem bem em qualquer lugar. Simplicidade. O cabeção. A camiseta e a alpargata velhas e desbotadas. Jeans rasgados. Exibição zero, nenhum sinal externo de nada, nem pulseiras, nem tatuagens, nem gorro, nem relógio caro. É o seu tipo. Vai lá dar um oi pra ele.
— Você pirou. Nem de brincadeira, eu morreria de vergonha. Ele nem deve se lembrar de mim. No dia do enterro eu não estava no meu melhor momento.
— Que nada! Você estava linda, com uma expressão triste e ensimesmada que, na verdade, ainda não desapareceu.
— Chama-se depressão — respondo. — Eu me pergunto por que ele estava no enterro e se conhecia minha mãe.
— Pois vá perguntar a ele!
— Não, não, isso não tem importância. Outro dia.
— E como você sabe que haverá outro dia?
— Sempre há outro dia. Bom, sempre, não. Mas esse cara com certeza mora aqui.
— Sei. Sua covarde.
Nesse instante, o belo desconhecido se levanta. Sofía me cutuca com o cotovelo e ficamos as duas quietas, observando-o. Ele dá alguns passos em direção à saída, se detém, olha para nós e faz um gesto supertímido de adeus com a cabeça. Sofía retribui agitando efusivamente a mão, como se estivesse se despedindo dos passageiros de um transatlântico gigante.
— Já vou avisando. Se você não o fisgar, fisgo eu.
— Perfeito.

Guillem telefona nesse instante para dizer que chegará no dia seguinte. Sofía nunca o viu e tem muita curiosidade de conhecê-lo. Para mim é difícil imaginar duas pessoas mais diferentes. Sofía, mundana, generosa, tolerante, honesta e transparente, tão entusiástica e infantil, arrebatada e narcisista. E Guillem, o homem mais astucioso, irônico e bonachão que conheço. Com princípios irredutíveis e nenhuma paciência para bobagens. Sofía é capaz de me ligar à primeira hora da manhã para me dizer que não conseguiu pregar o olho a noite toda porque está numa fase de criatividade máxima, na qual não para de ter ideias de como transformar e combinar suas roupas da temporada passada, ao passo que Guillem se veste quase só com camisetas velhas, daquelas que seus alunos do instituto desenham e vendem para arrecadar fundos para a viagem de final de curso. Ela é pequena e delicada como uma boneca chinesa articulada, e ele, que quando conheci era tão magro como nosso filho é agora, se transformou num homem sólido e vigoroso, que é o que sempre foi. Nosso interior acaba sempre nos alcançando. Acabaremos sendo quem somos, a beleza e a juventude só nos camuflam por algum tempo. Em alguns momentos, acho que começo a antever a cara que meus amigos terão, ignoro tudo sobre a dos meus filhos, é cedo demais, eles estão inundados pela luz da vida, reverberam, e a minha mal ouso olhar de esguelha, de longe. A sua, mamãe, desapareceu por trás da máscara que a doença te impôs. Todo dia me esforço para revê-la, para atravessar os últimos anos e encontrar seu olhar verdadeiro, o de antes de se tornar de pedra. É como ir derrubando paredes com um martelo. Acontece o mesmo com a tristeza que, como finíssimas camadas de vidro estralejante, vai se depositando sobre nós, vai nos cobrindo aos poucos. Somos como a ervilha do conto, enterrada embaixo de mil colchões, como uma luz brilhante piscando debilmente. E, como nos contos, só o amor verdadeiro, e às vezes nem sequer isso, pode acabar com a dor. O tempo a mitiga, como faz conosco, como um domador de circo.

Sofía termina seu chope enquanto Elisa, que acaba de chegar com Damián, decide o que vamos comer no almoço. Sofía se oferece para cuidar da compra do vinho, enquanto eu, aproveitando que estou de luto e que na questão doméstica espera-se de mim menos do que de costume, o que não é dizer pouco, decido fazer os pés. Irei ao cemitério em outro momento, à tarde, amanhã.

Só existe uma perfumaria e drogaria no vilarejo. Uma loja pequena, em frente ao mar, cheia de produtos e de perfumes, com o encanto daquilo que saiu de moda, o leve odor frouxo de talco e rosa, e no final uma cabine para tratamentos de beleza. Quem faz meu pé é uma mulher de meia-idade, mais de meia-idade do que eu, a qual me diz que, além de esteticista, é bruxa. Digo que eu também. "Sou uma bruxa e sou bruxa. As duas coisas", acrescento. Fica em silêncio e me olha com suspeita, estreitando os olhos. Ela não parece uma bruxa. Felizmente, veste-se como uma mulher do interior. Saia marrom até o joelho, blusa branca de manga curta com pequenas flores azul-bebê, tamanco branco de enfermeira. É loira, está muito bem penteada e maquiada, é um pouco gorducha e maternal. Embora ultimamente qualquer mulher mais velha do que eu me pareça maternal e me dê vontade de me lançar em seus braços.

Deito na maca e ela começa a massagear meus pés, fecho os olhos e respiro profundamente. Desde que você morreu, meu único alívio é o contato físico, por mais fugaz, casual ou leve que seja. Fechei todos os livros, desta vez sou incapaz de utilizá-los como consolo, eles me remetem demais a você, à sua casa forrada de estantes, à sua meticulosa limpeza anual da biblioteca, aspirador em punho, às nossas expedições a Londres em busca de algum tesouro infantil ilustrado, às horas em que nos sentávamos juntas na cama do hotel para examiná-los, eu mais distraída, enquanto ia e vinha e fazia outras coisas, você totalmente absorta, como uma criança.

"Pode-se saber se alguém gosta de verdade de livros pelo modo como os examina, como abre e fecha cada um, pelo jeito como vira as páginas", você dizia.

Como se faz com os homens, eu pensava e às vezes acrescentava. E você me olhava meio escandalizada, meio divertida, meio grande dama, meio mulher que não tinha perdido uma só oportunidade de se divertir na vida, e começava a rir. Nunca fomos mãe e filha confidentes que contavam tudo uma para a outra, nunca fomos amigas, nunca compartilhamos intimidades, acho que cada uma sempre tentou ser a versão mais apresentável de si mesma para a outra. Lembro sua estupefação no dia em que comentou que, se a minha menstruação não viesse logo, talvez devêssemos ir ao médico, e eu te disse que já menstruava havia dois anos e que não tinha te contado porque não era assunto seu. Estávamos no carro, você freou de repente, me olhou de boca aberta por uns segundos, acelerou ao ouvir as buzinadas frenéticas dos outros motoristas, e nunca mais voltamos a falar do assunto.

Não posso mais abrir um livro sem pensar em você, com os homens é diferente. Desde muito jovem eu soube, instintivamente, que devia preservar só para mim essa parte da minha vida, do contrário você a invadiria com seu egoísmo, sua generosidade, sua lucidez e seu amor. Você viu eu me apaixonar e me desapaixonar, quebrar a cara e me reerguer, a uma distância prudente, desfrutando minha felicidade e me deixando sofrer em paz, sem assombros nem conselhos demais. Meio consciente, suponho, de que o amor da minha vida era você e de que nenhum outro amor tempestuoso poderia com o seu. Afinal, todos nós amamos como nos amaram na infância, e os amores posteriores costumam ser apenas uma réplica do primeiro amor. Portanto, eu te devo todos os meus amores posteriores, inclusive o amor selvagem e cego que sinto pelos meus filhos. Já não posso abrir um livro sem desejar ver seu rosto calmo e concentrado, sem constatar que não a verei mais e, o que talvez seja pior, que não serei mais vista por você. Nunca mais seus olhos olharão para mim. Quando o mundo começa a se despovoar das pessoas que nos amam, pouco a pouco vamos nos transformando em desconhecidos, ao ritmo dessas mortes. Meu lugar no mundo estava no seu olhar e ele me parecia tão incontestável e eterno que nunca me incomodei em ver qual era. E não me dei mal, consegui ser uma menina até os quarenta anos, dois filhos, dois casamentos, várias relações, vários apartamentos, vários trabalhos, tomara que eu saiba fazer a transição para adulta e que não me transforme direto numa senhora. Não me agrada ser órfã, não fui feita para a tristeza. Ou talvez sim, talvez eu seja do tamanho exato do pesar, talvez esse já seja o único vestido do meu tamanho.

— Sinto que há um nó em você. Muita tensão — diz a bruxa esteticista. — Posso colocar as mãos sobre o seu coração?

Digo que sim a contragosto. Em princípio, meu peito não está aí para que mulheres desconhecidas de meia-idade ponham a mão nele, por mais bruxas que sejam. Ela me toca com suavidade, sinto seu calor através da seda do meu vestido. Mas estou consciente demais da intimidade do gesto para poder relaxar. Depois de trinta segundos, ela as retira.

— Você está trancada, dura como pedra, como se tivesse o coração preso numa jaula.

— Minha mãe morreu há pouco tempo — respondo.

— Ah, bom. — Ela fica muda, o que demonstra, sem sombra de dúvida, que é uma impostora. Uma bruxa de verdade teria mais recursos diante da morte. — Bom — acrescenta por fim —, eu tenho uns óleos essenciais que servem para abrir o coração, você os queima à noite, antes de dormir...

— Lamento, mas detesto esses lances esotéricos — eu a interrompo, pensando que não deveria tê-la deixado tocar meus seios. — Não acredito nem na medicina natural nem na homeopatia, em nada disso.

— Nem nos florais de Bach? — ela pergunta, horrorizada, agarrando com força o crucifixo de ouro, com um rubi diminuto no centro, que traz pendurado ao pescoço.

— Nem sequer nisso.

Ela me olha com cara de dó, mais compungida por eu não acreditar nos seus esoterismos do que pela morte da minha mãe.

— É que meu avô era médico, cirurgião. Na minha casa só se acreditava na ciência mesmo — me desculpo.

Ela acaba seu trabalho em silêncio. Olho meus pés, já tenho as unhas em chamas. Quando saio, a bruxa esteticista me dá dois frasquinhos com óleos essenciais. "Vão lhe fazer bem, você vai ver. Cuide-se." Penso em dá-los aos meninos, para que façam poções mágicas. Eles, sim, sabem fazê-las.

8.

Elisa aparece com uma minissaia jeans, uma camiseta branca de alcinha e uma inadequada sandália prata. Está muito bronzeada e o cabelo, comprido e vaporoso, solto. Penso, com certa inveja, que ela se vestiu para Damián. É totalmente diferente se vestir para um homem em particular e para todos os homens em geral, ou ainda para ninguém, que é para quem me visto ultimamente. Seja como for, as pessoas mais elegantes são as que se vestem para si mesmas. Elisa não é alta e tem um corpo bonito, magro e feminino, que gravita ao redor do seu traseiro. Sempre que digo a ela que gosto de suas mãos, vigorosas, finas e quase tão grandes quanto as minhas, apesar da nossa diferença de estatura, ela responde com humildade: "São mãos para fazer coisas". E é verdade, são mãos práticas e realistas, não são mãos para esquartejar leões, como as dos homens que me agradam, tampouco mãos para esquartejar almas, invocar deuses e usar anéis antigos, como as suas, mamãe, embora eu tenho certeza de que também aliviam a febre e espantam pesadelos. Se não fosse Elisa, não almoçaríamos nenhum dia. Para não termos que cozinhar,

Sofía e eu somos capazes de nos alimentar de iogurte, torradas e vinho branco. E nossos filhos são tão saudáveis e fortes que às vezes acho que seria suficiente regá-los um pouco.

Temos um jantar na casa de Carolina e Pep, a que Hugo também comparecerá, o melhor amigo de Pep, que está passando uns dias com eles. Outro homem para eu flertar, penso distraidamente, enquanto Elisa e Sofía falam de sapatos.

Edgar sobe nesse instante, todo pernas e braços bronzeados, longos e flexíveis. Enquanto Nico ainda parece um cachorrinho gostoso, Edgar já está se transformando num cervo. Caminha cansada e languidamente, varrendo o ar, que é como ele caminha na minha presença desde que chegou à adolescência, como se todos os lugares fossem um peso ou como se já os tivesse visitado um milhão de vezes. Fala desse modo também, com preguiça de concluir as palavras, de contar, de explicar, está na vida e ponto final. Mais ou menos uma vez por mês, desanda a falar por duas horas seguidas e me conta suas aventuras do colégio, mas, como quase já perdeu o dom da palavra, ao menos comigo, e fala atropeladamente e ao mesmo tempo em que morre de rir e come — seus rompantes de loquacidade costumam ocorrer no jantar —, eu, apesar do grande esforço de concentração que faço e de aguçar os ouvidos ao máximo, não entendo quase nada do que ele diz. Então de repente, depois de ter repetido cada história três vezes, ele me olha, se dá conta de que está falando com sua mãe, me diz que estou surda como uma porta e se cala até o mês seguinte. A outra conversa tradicional que temos uma vez por mês é de como a vida é maravilhosa.

— Vocês se dão conta da sorte que temos? Olhem que árvores lindas. Olhem que rua. Respirem fundo — digo a eles durante esses momentos de euforia vital que me assaltam de vez em quando, graças ao vinho, aos beijos ou ao meu próprio corpo, cuja fortaleza física e cujas últimas gotas de juventude são como uma dádiva em certos dias.

Então, enquanto Nico imita uma respiração profunda, Edgar me olha com cara de tédio e me diz que eles já sabem, que eu já disse isso mil vezes e que a rua que eu hoje acho tão espetacular é a nossa, a rua pela qual passamos quatro vezes por dia, e que o que ele deseja mesmo é ir a Florença, como prometi há dois anos. Você sempre ameaçava não levá-lo ao Egito. "Se você se comportar mal, não iremos ao Egito", dizia. No final, a revolução e a sua doença os impediram de ir. A última viagem que você quis fazer foi a Florença. Quando eu te disse que não tinha condições de me encarregar de você e de Edgar ao mesmo tempo, que se você passasse mal, estando tão longe, eu não saberia o que fazer — em Barcelona, já havia começado o baile de ambulâncias, cadeiras de rodas e excursões de madrugada aos atendimentos de emergência —, você se aborreceu demais e me acusou de sempre estragar tudo. Marisa queria ir a Roma e eu prometi que iríamos quando ela saísse do hospital, havíamos planejado que ela se instalaria uma temporada na sua casa, mamãe, e me ensinaria a fazer seu famoso gaspacho e seus míticos croquetes, já que era impensável você morar sozinha em Cadaqués. Mas já era tarde. Nem eu estava por perto quando ela morreu de repente, nem nos dias anteriores, totalmente inconsciente de que a vida num hospital vai mais depressa do que fora dele, de que os pavios se consomem mais rápido, de que, como o Papa-Léguas e o Coiote do desenho animado, vida e morte disputam corridas enlouquecidas pelos assépticos corredores, esquivando-se, frenéticas e excitadíssimas, das enfermeiras e dos visitantes, derrapando e nos fodendo a existência. Talvez todos fiquemos sempre com alguma viagem pendente, planejamos viagens quando já são impossíveis, como se tentássemos comprar tempo mesmo sabendo que o nosso se esgotou e que ninguém pode mais nos presentear com um só minuto. Deve ser intolerável ainda estarmos de olhos abertos e pensar que há lugares que nunca voltaremos a ver, deve ser terrível que as possibilidades se fechem antes dos olhos.

Ao chegar ao alto da escada, Edgar olha com desprezo para nós três e resmunga:

— Estou com fome. Vamos?

Em seguida, Daniel e Nico aparecem, acompanhados por Úrsula, que olha para nós três e exclama:

— Mas como vocês estão bonitas!

Sofía tinha posto seu maravilhoso vestido indiano cor de vinho que ia até os pés, coberto de miniespelhinhos redondos, comprado num brechó, e pingentes enormes de prata. Eu estou usando minha calça fúcsia de algodão desbotado que fica caindo, uma blusa surrada de seda preta com bolinhas verdes, sandália rasteira e uma pulseira antiga da minha mãe que às vezes amo e que às vezes me pesa como se fossem grilhões. Elisa está vestida como se fôssemos dançar salsa. E Úrsula pôs uma camiseta amarela justíssima com umas palmeiras prateadas e um jeans roxo dois tamanhos abaixo do dela. Parecemos um bando de palhaços. Felizmente as camisas polo dos meninos, suas bermudas e sandálias nos brindam com alguma respeitabilidade estival.

Carolina e Pep têm um pequeno apartamento bem acima da nossa casa que faz parte de um conjunto de apartamentos de verão construídos também no início dos anos 70, com muito cimento pintado de branco, escadas de madeira avermelhada, corredores longos e janelões com vistas magníficas para o vilarejo e a baía. Durante a minha infância, esses apartamentos se tornaram uma espécie de comunidade hippie, ocupados por uma miscelânea de personagens do mundo todo, e me lembro de todas as noites ir dormir escutando a música, as risadas e os gritos daquele grupo de belos náufragos estivais, que, terminado o verão, regressavam à Holanda, aos Estados Unidos ou à Alemanha e que me pareciam o que havia de mais fascinante e exótico no mundo. Tornei-me adulta, os hippies envelheceram e os apartamentos se encheram da gente moderna, respeitável e rica dos anos 90. Mas os que tiveram a sorte de vislumbrar pelo buraco da fechadura da infância os últimos estertores do espírito dos anos 70, a liberdade sexual, a liberdade pura e simples, o desejo de se divertir, o poder nas mãos dos jovens, o atrevimento, não saíram imunes. Todos temos paraísos perdidos nos quais nunca estivemos.

    Pep e Hugo estão preparando o jantar. Vestiram-se no estilo noite de verão. Jeans limpos, camiseta perfeitamente desbotada e velha para Pep e uma reluzente camisa branca, de mangas arregaçadas, para Hugo. Estão bronzeados. Hugo faz cooper, usa pulseiras de linha, cheira um pouco a patchuli e a baunilha e faz algo parecido com dirigir uma empresa. Pep é fotógrafo, raspa a cabeça, tem uma voz profunda, é alto e magro, sensível, discreto e muito divertido. Nota-se que os dois são muito amigos, se conhecem há anos, contam histórias pela metade, sacaneiam-se mutuamente, referem-se um ao outro como "meu amigo". Não há fissuras, não há dúvidas, encontram-se toda semana para ver futebol e tomar cerveja. Às vezes, invejo um pouco a amizade masculina, vista de fora parece um caminho mais direto e simples do que a amizade entre mulheres. A nossa é como um namoro eterno, acidentado, intenso e passional, enquanto a deles se parece mais com um casamento bem-sucedido, talvez sem grandes emoções, mas também sem grandes altos e baixos.

    — Vocês estão com fome? — Pep pergunta aos meninos.

    — Demais — adianta-se Sofía, atacando a pasta de grão-de-bico.

    Vamos para a mesa do jardim. Hugo abre o vinho e se instala ao meu lado, sorrindo.

    — Você está muito bonita — diz.

— Pois é, mas hoje de manhã o Nico me disse que eu estava com cara de ração de gato. E as crianças nunca mentem.
— Isso é uma lenda urbana. As crianças mentem tanto quanto os adultos.
— Tem razão. Eu minto o tempo todo. E esse nem é um dos meus piores defeitos.

Nós dois rimos. Ele diz que deveríamos ir jantar um dia desses e tento convencê-lo de que sou um desastre e de que não vale a pena me convidar. A técnica masculina de sedução que consiste na enumeração enganosa dos próprios defeitos (eu sou um lixo, não perca tempo comigo) funciona, comprovo, divertida, enquanto como e mexo no celular. Agora já não o perco todos os dias. Na época da sua doença e da sua morte, o celular se tornou diabólico, mensageiro do seu sofrimento e da sua angústia. Você ligava de madrugada exigindo que eu fosse à sua casa, para me dizer que estava com medo, que a sua acompanhante queria te matar. Em parte, devia ser verdade. Não sei quantas cuidadoras você teve nos últimos meses, me transformei numa especialista em entrevistar candidatas, a maioria não aguentava mais do que alguns dias. Você não as deixava dormir nem um minuto, roubava a medicação, havia comprimidos espalhados pelo chão da casa toda, no meio de seus lençóis, papéis e páginas dos livros, cheguei a temer pela saúde dos cães; você as demitia duas ou três vezes por dia e, no final, até deu um tapa numa delas. Pena que a protagonista de todo esse absurdo fosse você. Se nos bons tempos tivessem nos contado uma coisa dessas de algum conhecido, morreríamos de rir. Nossa arma contra a miséria e a mesquinhez quase sempre foi o riso. A doença, a dor, que alguns médicos asseguravam que você inventava, te transformaram num monstro egoísta. Quando eu te dizia que não podia deixar os meninos sozinhos às quatro da manhã, você se indignava e batia o telefone na minha cara. Nos últimos meses, a maioria das nossas conversas acabavam com você batendo o telefone. Sempre que o celular tocava e eu via que era você, sentia um aperto no coração. Eu o acabava desligando, me esquecia de carregar, esquecia-o em todos os lugares, o perdia de propósito. Enquanto eu apertava a tecla de atender, pensava: "Hoje ela está ligando só para dizer que me ama e que se arrepende de ter me abandonado", mas você me chamava para falar de dinheiro e me repreender porque eu é que tinha te abandonado. Fiz o que pude, às vezes fiz o que devia, mas nem sempre, não sou tão boa assim para enfrentar adversidades. Lamento. Talvez no meu lugar você tivesse feito melhor. Durante anos, você disse que não amava sua mãe, achava que ela não era uma boa pessoa, que nunca tinha te amado. Só mudou de opinião no final. Nos últimos dias no hospital, me chamou de "mamãe" várias vezes. Minha avó teve uma morte distinta e silenciosa, elegante e impávida, típica da condição e do temperamento dela. A sua foi uma bagunça. Ninguém te avisa de que, quando sua mãe está morrendo, você tem que se transformar na mãe dela. E, mamãe, não se pode dizer que, como minha filha, você me desse muitas satisfações, a verdade é essa. Você foi uma filha bem difícil. Mas, desde que Santi reapareceu, o celular recuperou seu caráter lúdico, estamos sempre a uma mensagem do que pode acontecer. E o que pode acontecer é quase sempre mais excitante do que o que está acontecendo. O sexo me agrada porque me crava no presente. Sua morte também. Santi não. Santi é como o celular. Estou sempre esperando que chegue algo maravilhoso que nunca chega. Quando o conheci, ele tinha se separado da mulher, que estava vivendo uma história de amor com um amigo. Mas a história com o amigo não deu certo e Santi, que é um bom sujeito, voltou para casa, disposto a tratar das feridas dela e a refazer uma relação que já fazia tempo havia substituído sexo, curiosidade e admiração por comodidade, companheirismo e filhos. E a nossa história, que depois de alguns meses havia começado a agonizar — a maioria dos amores ou dura dois meses ou dura a vida inteira —, ressuscitou com o fulgor do impossível, do inalcançável e do mítico. Nós dois acabamos acreditando nisso. Eu porque naqueles meses não tinha conhecido ninguém que me agradasse mais e Santi porque logo se deu conta de que ele e a mulher haviam retomado a história exatamente no ponto onde a tinham deixado, na última página do livro. Não existe marcha a ré numa história de amor, uma relação é sempre uma estrada de mão única.

Nesse momento, recebo uma mensagem dele. Acabou de chegar, está com muita vontade de me ver. E a minha cabeça dá passagem ao meu corpo, a sua morte se afasta alguns passos e, como por mágica, meu sangue congelado recomeça a circular. Brinco com os meninos, me aproximo para farejar a comida, caio no chão para brincar com a minha afilhada, abraço Sofía, sussurro ao ouvido de Pep que temos um monte de maconha, acaricio o gato, começo a comer azeitonas como uma louca, obrigo todo mundo a ir para o jardim ver a lua, coloco música e me aproximo de Elisa para dizer que deveríamos sair para dançar.

— Ele me escreveu — digo em voz baixa a Sofía.
— Achei que era isso. De repente, sua cara mudou.
— É estranho. Nem gosto dele tanto assim.
— Blanquita, acho que você gosta mais do que quer admitir.
Não sei, talvez.

Jantamos na mesa do jardim. Acenderam velas e umas luzinhas chinesas que se balançam nos ramos da oliveira e projetam sombras sobre a grossa e imaculada crosta de sal do peixe que os homens prepararam; também há salada de tomate e pepino, croquetes e pão com azeitonas recém-saído do forno. Crianças e adultos estão bronzeados e parecem felizes. Corpos lânguidos e cansados e os olhos sonhadores de quem passou o dia ao sol, navegando. Historinhas compartilhadas, e mil vezes repetidas, de pessoas que passaram muito tempo juntas e que continuam se gostando. Por um momento, penso em tomar meu café tranquilamente e não responder à mensagem. Nina, minha afilhada, está dormindo no colo da mãe. Edgar tenta disfarçar e se servir de cerveja, mas Elisa o encara com olhar ameaçador e ele desiste. Nico escuta com atenção a conversa dos adultos, enquanto o pequeno Dani brinca com sua coleção de trens. Hugo me acusa de ser desanimada. Carolina sai em minha defesa e Pep começa a contar histórias sobre as pobres namoradas de Hugo, abandonadas todo dia assim que amanhece para que ele possa fazer sua sagrada corrida matinal. Não sei se a vida teria muito sentido sem as noites de verão. Nesse momento, recebo outra mensagem de Santi, em que ele propõe me encontrar em frente à igreja para me dar um beijo de boa-noite. Então me levanto, como se impelida por uma mola.

— Preciso sair um minutinho, volto já.

Todos me olham com ar surpreso.

— Aconteceu alguma coisa, querida? Você está bem? — pergunta Carolina, preocupada.

— Não aconteceu nada, tudo ótimo. Vou só comprar cigarro. — Deixo escapar uma risada.

— Sei — diz Sofía.

Carolina me olha sem sorrir, do outro lado da mesa. É a única de nós que mantém um relacionamento longo com um homem maravilhoso e, embora nunca tenha me dito, sei que na sua opinião, ao sair com um homem casado, além de perder tempo eu também a estou traindo um pouco.

Hugo me aponta o maço de cigarros ainda pela metade que deixei há poucos minutos na mesa.

— Esse tabaco está seco. Sério, não dá pra fumar.

Ele ri.

— Quando você me disse que costumava mentir, achei que fizesse isso melhor.

— Faço o que posso.

— Não demore, sem você a gente se entedia — acrescenta ele.

Sofía me acompanha até a porta.

— Dá pra ver que você não gosta nada do Santi, hein? Nada mesmo.

9.

Desço a ladeira saltitando. Você sempre dizia que eu andava como o meu pai, como se alguma coisa nos impelisse para cima, como se mal tocássemos o chão, e que por isso, antes de ver nosso rosto, já nos reconhecia pela nossa maneira inconfundível de andar. Ainda me lembro da raiva que você sentiu no dia em que, na reta final da minha primeira gravidez, me viu caminhando com menos graça.

"Não me diga que a esta altura, por causa de uma simples gravidez, você vai deixar de andar como andou a vida inteira!"

Neste instante, só de me ver, você já saberia que estou indo me encontrar com um homem. Você nunca me detéve. Na sua opinião, o amor justificava comportamentos estapafúrdios que, em outras circunstâncias, seriam censuráveis. Se um garçom errava o pedido ou derramava sopa em sua roupa, e ao reclamar você descobrisse pelo maître que o garçom estava apaixonado — somente a você as pessoas contavam intimidades com tanta rapidez —, você olhava o rapaz com simpatia e dizia: "Ah, bom, nesse caso...". E continuava comendo tranquilamente, com a saia encharcada de sopa. Mas se alguém te garantisse uma informação que depois se revelasse errada ou chegasse tarde a uma reunião, você olharia assombrada para a pessoa e nunca mais ela teria o seu respeito. Passei a vida lutando por ele, e não tenho certeza de haver conseguido. Continuo chegando atrasada a todos os lugares.

De repente, vejo o belo desconhecido se aproximando de mim com grandes passadas. Está sozinho, caminha um pouco inclinado para a frente, como costumam fazer os homens altos e magros, como se protegendo de um vento invisível, como se nos cumes onde eles habitam o vento sempre soprasse. Caminho tão depressa e estou tão nervosa que acabo perdendo um pé da sandália. Recupero-a bem a tempo de ver que ele percebeu e sorri, achando graça. Mais uma vez, adeus à *femme fatale* que eu queria ser. Sorrio também e, ao passarmos um pelo outro, ele sussurra: "Tchau, Cinderela". Penso que eu poderia parar e lhe propor que fôssemos beber alguma coisa (nos embebedar, contar nossa vida um para o outro com entusiasmo e aos trambolhões, e roçar distraidamente nossas mãos e nossos joelhos, nos fitar nos olhos por um segundo a mais do que o correto, nos beijar, trepar às pressas em algum recanto do vilarejo como quando eu era jovem, nos apaixonar, viajar, estar sempre juntos, dormir abraçados, ter mais alguns filhos e, por fim, nos salvar), mas continuo caminhando sem olhar para trás. Se soubessem a quantidade de vezes que nós, mulheres, passamos esse filme para nós mesmas, os homens não se atreveriam nem a nos pedir fogo.

Santi está sentado em frente à porta da igreja. Fico tão contente ao vê-lo que mal percebo como ele está mais magro do que da última vez, como parece cansado e que voltou a puxar fumo. Olha-me com seus olhos reluzentes e seu sorriso de orelha a orelha.

— Você está moreno.

— Eu sou moreno — ele diz. — E você, como está?
— Bem.

Ficamos calados por alguns segundos, nos olhando, sorrindo, repentinamente tímidos e sem saber o que dizer, como se o mero fato de estarmos de novo um diante do outro fosse a coisa mais extraordinária do mundo.

— E os meninos?
— Tudo bem. Estão contentes por estar aqui.
— Eles têm saudade da avó?
— Acho que sim. Eles a adoravam, se divertiam muito com ela, mas não dizem nada. São bem-educados, muito discretos.
— Como a mãe.
— E os seus? Estão bem?
— Felizes. Você devia ver o mais velho nadando, é incrível. Mas ultimamente tenho a sensação de que passo o dia gritando com eles.
— É mesmo? O mais velho já tem quantos anos? Dez?
— Nove.
— Ah.
— Você está linda.
— Obrigada. Você também. Me dá um cigarro?

Ele toca na minha mão ao aproximar o isqueiro de mim. E com esse gesto deixamos o pátio da escola e nos desfazemos da pele fina de adolescentes desajeitados e apaixonados para voltarmos a ser dois adultos loucos de pele calejada num longo relacionamento ilícito.

— Não tenho muito tempo. Falei que ia comprar cigarro. Só queria te ver. Saber como você está. Preciso me mandar.
— Não temos tempo nem para beber alguma coisa?
— Não. Bem que eu gostaria. Organizaram um megachurrasco na praia, e a qualquer momento vão perceber que eu desapareci.

Ele finge não ver a decepção nos meus olhos.
— E quando a gente se vê de novo?
— Não sei. Qualquer dia destes.
— Seu canalha.
— Já falei que você está linda esta noite?
Fumo em silêncio. Ele me segura pela calça e a puxa para cima, ajustando-a à minha cintura. Em seguida, me gira como se eu fosse uma marionete, para observar minha bunda.
— Será que algum dia vou conseguir que você use uma calça do seu tamanho?
— Duvido.
— E as leggings? Você ficaria deslumbrante.
— Pois é.
— Poderiam ser de couro.
Caímos na risada.
— Boa ideia. Vou comprar amanhã mesmo.
Sem soltar a minha calça, ele me beija.
— Não quero que você se chateie comigo. Entende? Não suporto saber que você está chateada comigo. Fico doente.
Caio na risada de novo.
— Sei. Superdoente.
— Pode rir, ria. Mas é a verdade.
— Não estou chateada — digo. Mas mentalmente já comecei a calcular os minutos que faltam para ele ir embora e eu ficar sozinha, e sua morte, mamãe, me assaltar de novo e tudo recomeçar. Nem todo o amor dos meus amigos e dos meus filhos é suficiente para eu resistir à investida da sua ausência, preciso estar bem agarrada a um cara para não sair voando pelos ares. Dizem que a maioria das mulheres busca o pai nos homens, mas eu busco você, fazia isso até quando você era viva. Qualquer psiquiatra desonesto iria lucrar comigo, mas o meu só está empenhado em que eu procure trabalho.

— No que você está pensando? Num momento você está aqui e no seguinte já está em outro lugar, longe.
— Que eu estou cansada.
— Cansada de quê?
— Não sei. De tudo. Do dia. Do verão, que é muito cansativo. Acho que preciso dormir.
— Você já percebeu que nós nunca dormimos juntos? Bom, sim, uma vez, no começo. No dia seguinte eu fiz café da manhã para você.
— Não lembro. Mas eu adoraria dormir com você. Dormir dormir, quero dizer.
— Mas ia ter estupro noturno.
— Só que não seria estupro.

Ele se despede e, como sempre, não marcamos nada. Fico um tempinho sentada em frente à igreja. Escuto o rumor festivo do vilarejo, em plena ebulição de verão, e me pergunto quem dá as cartas agora em La Frontera, que bando de malucos drogados vai ver o dia nascer em Cap de Creus, e se "Should I Stay or Should I Go" ainda é a última música que eles tocam toda noite antes de fechar, em El Hostal. A primeira coroa que perdemos, e talvez a única impossível de recuperar, é a da juventude; a da infância não conta, porque quando criança não temos consciência do incrível butim de energia, força, beleza, liberdade e candura que depois de alguns anos será nosso e que os mais sortudos dilapidarão de modo brutal.

Quando chego em casa, todos já foram para a cama. Entro silenciosamente no quarto de Sofía e do pequeno Dani, o dos beliches. Toda casa de veraneio é meio como uma colônia de férias: a grande mesa de madeira ao redor da qual nos reunimos no café da manhã à medida que cada um vai acordando, a alegria de encontrar os amigos já nas primeiras horas do dia, de pijama ou de maiô, com olhos remelentos, de ressaca ou radiantes, rindo do que fizemos na véspera, preparando achocolatados para as crianças e debatendo se é cedo demais para uma cerveja, os turnos para o banho, os berros do último, a quem coube tomar banho frio porque a água quente acabou, a fila de toalhas desbotadas e endurecidas pelo sal marinho secando ao sol, os quartos com beliches, para aproveitar bem o espaço e todos os amigos possíveis caberem. Enfio-me na cama de Sofía.

— Estou sem sono — sussurro ao ouvido dela.

— O quê? O quê? O que foi? Dani? — Sofía me dá um tapa.

— Não, não, sou eu. Acabei de chegar.

— Como foi lá? — pergunta ela, tirando a máscara de cetim rosa e erguendo-se um pouco.

— Bem, bem. O de sempre. Ficamos conversando um pouco e depois ele teve que ir embora logo.

— Sei.

— E agora eu estou sem sono.

— Claro. É normal, já que vocês não puderam foder. Sexo frustrado deixa a pessoa superdesperta. Mas como eu demorei uma hora para fazer o Daniel dormir e não fiquei aos beijos com nenhum cara, eu estou com sono, sim.

Dani se remexe em sua cama.

— Se ele acordar, eu te mato — sussurra Sofía.

— Onde está o seu espírito de verão?

— Dormindo — responde Sofía, recolocando a máscara.

Fico um tempinho deitada ao seu lado, esperando que ela lembre que eu sou uma pobre órfã que precisa de atenção, mas depois de alguns minutos Dani para de se agitar e ela começa a roncar suavemente.

Vou para o meu quarto. Penso o que estará fazendo o misterioso desconhecido. Talvez a mesma coisa que eu.

10.

Na manhã seguinte, sou acordada pelos latidos de um cão. Fico encolhida na cama, achando que eles vêm da rua, imagino que Rey tenha vindo me procurar. Chegamos a ter cinco cães em casa, os três nossos, o da moça que nos ajudava, que também era um cachorro de rua, salvo e sustentado por você — me lembro de uma época em que você saía à rua com uma coleira e uma guia na bolsa, para o caso de encontrar algum cão perdido —, e o de algum dos seus convidados. Uma autêntica matilha intocável que a divertia e que constituía uma corte paralela à dos seus amigos. De fato, se algum convidado ousasse reclamar ou torcer o nariz para a presença dos cães ou, pior, dizer que sentia medo deles, era imediatamente tachado de esnobe e de um completo idiota e nunca mais era convidado, a não ser que tivesse dotes suficientes como jogador de pôquer para ganhar seu beneplácito. Lembro de uma senhora muito chique que costumava comparecer às partidas e para quem você deixava preparada uma toalha limpa e perfeitamente dobrada no encosto da cadeira, a fim de que ela a colocasse sobre as pernas e assim se protegesse do atrito, das lambidas e da duvidosa higiene dos cachorros.

Então ouço o vozeirão de Guillem. Ele acaba de chegar com Patum. Antes de abrir a cortina, já sei, pela luz que vaza pelo tecido, que o dia está esplêndido. Hoje vou ao cemitério te visitar. Coloco um dos vestidos de seda amassados, que deixei embolados e em precário equilíbrio com o resto da minha roupa sobre a única cadeira do quarto. A roupa, meu principal hobby, também não me diverte mais. Apesar do calor, só tenho vontade de comprar roupa que me esconda ou roupa que me acaricie. Seja como for, a roupa é sempre um substituto do sexo ou um invólucro para consegui-lo. Talvez tudo seja um substituto do sexo: a comida, o dinheiro, o mar, o poder. Abro um pouco a cortina e deixo que o sol de verão, tão jovem e insolente, tão idêntico ao da minha infância, se esparrame pelo quarto.

Guillem chegou carregado com um de seus caixotes de verduras.

— Corra, Úrsula! Vá escondê-las antes que Blanca jogue todas no lixo, que eu já a conheço — diz ele ao me ver.

— Que bom que você está aqui! — digo, dando-lhe um abraço.

— Pois é. Assim você tem uma pessoa a mais para torturar, né?

Estou contente por vê-lo. Ele nunca me poria numa casa para idosos. Antes, para julgar alguém e decidir se eu podia confiar ou não na pessoa, me perguntava se na França ocupada ela teria sido colaboracionista; agora a prova de fogo é se ela me poria ou não numa casa para idosos. Ou se me enviaria para a fogueira como bruxa. Você sempre dizia, com sua peculiar maneira de me insultar e de me elogiar ao mesmo tempo, que na Idade Média eu não teria durado nem cinco minutos.

Os meninos estão no andar de cima, tomando café da manhã na frente da televisão.

— A esta hora e com este dia, eles já estão vendo televisão? — exclama Guillem.

Úrsula, recém-saída do chuveiro, com a pele e o cabelo reluzentes e uma de suas camisetas justíssimas de temática tropical, ri e bebe café tranquilamente. O bom de Úrsula, para pessoas como eu, que não gostam de ter empregadas, é que com ela é como não tê-las. Elisa aparece na porta da cozinha com xícaras e torradas, seguida por Damián; desde que chegamos a Cadaqués, não a vi sozinha nem um minuto.

— E aí, minha linda? — ela me cumprimenta.

Deixou solta sua magnífica cabeleira e está usando um vestido branco de alcinhas, pintou as unhas dos pés de vermelho e complementou a sandália prateada com uma tornozeleira com uns guizos microscópicos. Vejo que continuamos na moda caribenha, penso, me divertindo por dentro. Elisa gosta muito de roupas e sempre que muda de namorado muda de estilo.

"Embora em certos dias eu queria mesmo era sair pelada na rua", ela me disse uma vez com a candura das mulheres lindas e desinibidas que sabem que a beleza é como um vestido e que elas nunca conseguem ficar realmente nuas.

Damián está com um jeans cinza rasgado na altura dos joelhos, uma camiseta velha, tênis azul-marinho de lona com meia curta da mesma cor e a magnífica pulseira de bronze e turquesa que ele sempre usa. Tentei roubá-la várias vezes, mas ele diz que não consegue tirá-la. Contou que a pôs na adolescência, quando ainda estava em Cuba, e que, quando algum tempo depois tentou tirá-la — havia sido presente de uma namorada e o relacionamento havia acabado —, sua mão tinha crescido e a pulseira não passava mais. Conheci Damián muitos anos antes de Elisa, através de um amigo comum, na apresentação de uma antologia de jovens poetas cubanos. Ele é discreto, pacífico, amável, carinhoso e farrista, gosta de mulheres, álcool e drogas, mas nunca o vi fazer alarde de nenhuma dessas três coisas. Acho que é um bom sujeito, embora isso a gente só sabe quando precisa de um favor de alguém, quando chega a hora de tomar partido, e ela sempre chega, mas Damián é de olhar nos olhos, mostra-se o mesmo diante de todo mundo e nunca o ouvi criticar ninguém. Gosta mais de rir do que de falar e, quando fala, é para descrever alguma teoria complicada político-social que ninguém nunca entende. Eu não estranharia que ele fosse uma dessas pessoas para as quais a chegada do homem à Lua não passou de montagem. É alto e magro, mas ao mesmo tempo fofo e arredondado, de feições preguiçosas como colinas, não é nada pontiagudo como os homens que me agradam, não há nada de doentio nem de aquilino nem de derrotado nele, não há aparentes tormentas ocultas, o céu que a pessoa toca ao seu lado com certeza não passa do teto, provavelmente o do quarto. Elisa o vê, claro, como uma espécie de deus do Olimpo, um predador perigoso, um donjuán que, segundo ela, namorou meia cidade. Quando você se apaixona — ainda que ela insista em dizer que não está apaixonada, que ele é só um amante, outro sinal de que está apaixonada, sim —, nada do que pensa sobre a pessoa amada coincide com a realidade, especialmente no que diz respeito aos atrativos físicos. Seria bom lembrar disso da próxima vez, mesmo que o amor zere todos os marcadores e, se houver sorte, o próximo homem será de novo o mais bonito, sexy, esperto e divertido do mundo, mesmo que seja meio bobalhão e corcunda.

 Nesse momento, Sofía chega do vilarejo arrastando Dani e trazendo na mão uma garrafa de champanhe francês. Exibe um chapéu de palha disparatado com um laço preto que parece uma casquinha de sorvete invertida e com a ponta cortada, óculos escuros enormes e um vestido preto atado ao pescoço que ressalta a delicadeza de seus ombros e de suas clavículas.

— Olhem só o que encontrei no vilarejo!

Ela fica observando Guillem por alguns segundos, vejo passarem pelos seus olhos, em alta velocidade, a surpresa, a curiosidade, o interesse e o regozijo.

— Champanhe, hein? — diz ele, olhando-a com ar de gozação. — Seria melhor uma garrafa de uísque. Champanhe é para patricinhas. Não acha, Ursulita?

Úrsula dá uma risada.

— Não sei, sr. Guillem, eu não bebo.

— Sei, sei — diz ele. — Nesta casa é bom marcar o nível das garrafas com uma caneta antes de ir dormir, senão já sabemos o que acontece no dia seguinte.

— Comprei porque estou muito triste. Acabei de saber que o meu ginecologista morreu.

— Puxa — eu digo. — Lamento. Que sacanagem.

Ela se senta à mesa com ar abatido e fica pensativa por alguns instantes. Eu não sabia que Sofía tinha tanto carinho pelo ginecologista. Pergunto-me se ela vai roubar meu luto.

— Vocês percebem? — ela exclama de repente, levantando a cabeça. — É o primeiro homem que já pôs as mãos na minha xoxota a morrer.

Respiro aliviada.

— Pois é, a gente cresce — filosofa Elisa.

— Eu estou ótima — diz Sofía. — Melhor do que nunca.

— Vamos, Posh, me dê a garrafa pra eu pôr no congelador — diz Guillem. — Dá pra ver que você está tristíssima.

— Como foi que você me chamou? — pergunta Sofía, arregalando os olhos.

— Posh, você sabe, a patricinha das Spice Girls — explico.

Sofía ri.

— Que estranho! Eu não sou nada patricinha...
— Estranho é esse seu chapéu — diz Guillem. — Bom. Quem quer passear de barco? Meninos, meninos! Vocês estão prontos? Saímos daqui a vinte minutos. Posh, vá pôr o maiô.

Nada no mundo te agradava mais do que passear de barco. Quando eu tiver coragem para abrir de novo os álbuns de fotografias que você me deu no meu último aniversário, poucos meses antes de morrer — eu tinha te falado várias vezes que eu não queria nenhum dos seus valiosos livros, nem quadros, nem estatuetas, que eu só queria a coleção de álbuns da família que o meu avô havia iniciado e que você continuou, e você chegou na minha casa arrastando com dificuldade, e com a ajuda de uma cuidadora, uma mala imensa, lilás, repleta de álbuns, o testemunho indiscutível de que havíamos sido felizes —, vou procurar uma foto sua no timão do *Tururut*, sorrindo, com o cabelo cheio de vento e sal, e colocá-la na prateleira das fotos, ao lado da do papai. Não vou fazer isso já porque você ainda não é uma lembrança, acho que o tempo, tão canalha, tão generoso, se encarregará disso.

Guillem pôs um gorro velho de marinheiro que encontrou na garagem e comanda a pequena tropa que se encaminha para o cais pelas ruas de pedra, sob o olhar impassível da igreja que resplandece ao sol; as casas, como um exército de soldados obedientes, formam ao redor dela uma massa compacta e harmoniosa, rompida apenas em alguns pontos pelo fúcsia cintilante das buganvílias e pelo verde suave de alguma árvore. Atrás do vilarejo, elevam-se algumas montanhas antes cobertas por oliveiras, que o isolam do resto da região e que durante séculos o transformaram praticamente numa ilha. O mar, submisso ou furioso, triste ou eufórico, escandaloso ou tímido, salpicado de embarcações ou vazio e cansado, parece prestar reverência a um lugar que nem o tempo nem as hordas de turistas conseguiram humilhar.

As crianças, com seus coletes salva-vidas laranja, a mesma cor das boias que flutuam espalhadas pelo mar, esperam obedientemente no cais, ao lado de Guillem e Patum, que o barqueiro venha nos levar à nossa boia. Hugo e Pep conversam em voz baixa e Carolina tenta evitar que a pequena Nina se atire na água enquanto vamos comprar cervejas.

Guillem logo faz amizade com o barqueiro, que passa a ele seu telefone para que o chamemos quando quisermos voltar.

— Posh, me lembre de comprar uma garrafa de rum pra ele, quando voltarmos ao vilarejo à tarde.

O mar está liso como um prato e brilha como se todas as estrelas da noite anterior tivessem caído dentro dele. Ponho a mão na água e deixo que a velocidade a arraste, sinto a corrente entre os dedos, três colunas de espuma deixando um rastro que desaparece no mesmo instante, vejo que no fundo pequenos peixes cinzentos como espectros se agitam, a praia, as risadas, os gritos e o chape-chape se afastam depressa. Guillem nos faz entrar organizadamente no barco e indica onde devemos nos sentar. E, ajudado por Edgar, pega logo a vara de pescar e o remo, planta-se no meio do barco, enterra o gorro de marinheiro até as orelhas e começa a te imitar.

— Bom, crianças, ninguém sai do lugar, barco é uma coisa muito perigosa. Edgar, Edgar, encaixe o remo. Cuidado, cuidado, para ele não cair no mar! Cadê a âncora? Ah, na água! Vamos ver, vamos ver se ela não ficou presa nas pedras. Alguém já vá se preparando para mergulhar, se a âncora estiver presa. Não, ainda bem. As chaves! Cadê as chaves? Quem ficou de trazer as chaves? Minha bolsa! Minha bolsa! Cadê? Os óculos! Os óculos! Não saiam do lugar!

A imitação é tão perfeita que todo mundo ri.

Em seguida, ele umedece com saliva a ponta do indicador, levanta o dedo, franze o cenho fitando o horizonte e se transforma em Paco, um daqueles seus velhos amigos, mamãe.

— Vamos ver, hoje está soprando o sudoeste. Sim, sim. A situação é complicada e pode ficar crítica. Melhor não nos afastarmos do porto, um mergulhinho rápido, e casa.

— Mas se o mar está liso como um prato e não há nem um pingo de vento... — protesta Nico.

— Veja bem, menino, eu navego há muitos anos. Sei o que estou dizendo. Se não querem me escutar, desembarco agora mesmo, e vocês que se virem. Quando chegarem a Mallorca arrastados pela corrente, vão se lembrar das minhas palavras. Quando eu era jovem...

O barco desliza suavemente pelo mar, a tosse de velho fumante pigarrento do motor impede as conversas, por alguns minutos os olhares se perdem ao longe, e não é preciso dizer nada; o melhor da beleza é que ela costuma fazer as pessoas se calarem e se recolherem, sinto a mãozinha gorducha e morna de Nico na minha. As crianças, guiadas por Guillem, se alternam para manejar o timão. Edgar se sentou escarranchado na proa do barco, como eu fazia quando criança, e Sofía bebe cerveja de olhos fechados. Patum, deitada aos meus pés, cochila. Pep, por cacoete profissional, mantém os olhos abertos enquanto os demais os fecham, e nos fotografa. Carolina segura a filha Nina no colo, adormecida pelo pipocar do motor, e Hugo toma sol. Atracamos numa pequena enseada na qual só há dois barcos, cujos ocupantes nos cumprimentam educadamente. A água é tão transparente que temos a impressão de poder tocar com os pés o fundo das rochas pontiagudas e ameaçadoras, quando na realidade elas estão a mais de vinte metros de profundidade. Quando o acalanto ruidoso e persistente do motor se detém, todos nós despertamos ao mesmo tempo dos nossos devaneios, como se um hipnotizador tivesse estalado os dedos. Patum, nadadora experiente, como todos os cães de sua raça, começa a latir e a saltar, excitadíssima. Edgar é o primeiro a mergulhar, a cachorra pula atrás e quase aterrissa na cabeça dele. Os menores se preparam para descer pela escadinha, enquanto Guillem, com a ajuda de Hugo, se assegura de que o barco esteja bem ancorado.

— Acabei de me dar conta de uma coisa — exclama Sofía de repente. — Esqueci o maiô. — E nos olha com cara de menina travessa.

Os garotos continuam o que estão fazendo, fingindo que não a escutaram. Hugo levanta uma sobrancelha por trás dos óculos escuros e dá um sorriso discreto, mas permanece imóvel, deitado. Guillem a observa com o canto do olho e continua dando puxões, talvez um pouco mais secos do que um minuto antes, na corda da âncora. Pep, sem afastar o olho da objetiva, desvia pudicamente a lente para o mar. E Nico, que está de calção de banho desde que pulou da cama, me cochicha no ouvido:

— Sofía é uma burra. Como pode ter esquecido o maiô?

— Ou seja: você demorou meia hora pra se trocar, tivemos que ficar te esperando dentro do carro, como sardinhas em lata, morrendo de calor, e você se esqueceu de vestir o maiô — eu digo, brincando e olhando para ela.

— Foi isso mesmo. Como eu sou distraída!

— Sei.

— Pois então, mergulhe nua — diz Carolina —, afinal é mais agradável.

E Sofía, com a mesma elegância e naturalidade com que no inverno se desfaz de suas estolas de pele ao chegar a algum lugar público — as mesmas com que adormece num sofá ou no gramado quando o excesso de álcool fecha seus olhos, depois de já ter me dito mil vezes o quanto me ama —, deixa escorregar pelos ombros a longa túnica desbotada de listras cor-de-rosa e cinzentas que lhe chega até os pés e, com um saltinho, atira-se de cabeça na água. O corpo, como um raio cor de caramelo, submerge com a graça e a precisão de uma nadadora profissional, silenciosamente, sem respingos.

— As mãos dentro, de fato só o pobre ginecologista e mais alguns desgraçados devem ter enfiado, mas ver todos nós vimos — diz Carolina, soltando um suspiro.

Eu me acomodo na escadinha e vou descendo bem devagar, a água gelada me sacode, me eriça e me enfurece, tensiona todos os músculos do meu corpo e por fim, quando cedo e me solto, permitindo que sua lâmina fria me envolva, olhos fechados, cabelos de medusa dançando acima da minha cabeça submersa, o corpo finalmente sem peso, ela me acolhe, me abençoa e me dissolve. Pergunto-me se o mar será meu último amante.

11.

Sou a primeira a tomar banho e subo à cozinha com a ideia de me servir de uma taça de vinho gelado e me refestelar na rede do terraço até o almoço ficar pronto. Nesse momento, Elisa se aproxima de cenho franzido.

— Acabei de ver que não há comida suficiente — diz.

— Puxa, que pena — respondo. — Bom, tem biscoitos, não tem?

— Engraçadinha.

— Não estou brincando. — Percebo que minha meia hora de descanso, meu vinho branco e meu lugar privilegiado na rede estão em perigo. — Está fazendo um sol dos diabos e eu estou cansada. Você não quer que eu vá comprar, né? — digo, fechando os olhos e me balançando com mais força.

— Acertou. — Elisa se mantém calada por um instante, esperando eu abrir os olhos, mas eu, que sou uma preguiçosa, não abro e ela, que é uma teimosa, não se move. — Blanquita, passei metade da manhã limpando e cozinhando, levante-se já daí e vá comprar umas *butifarras* no açougue — diz por fim, me olhando séria e detendo o balanço da rede.

Protesto meio sem forças, digo a ela que posso desmaiar no caminho, bater a cabeça numa pedra e morrer de tanto sangrar por culpa dela, mas Elisa não se comove.

— Está beeem, eu vou. Mas não entendo essa mania burguesa de almoçar e jantar. Vocês viraram um bando de frescos.

O mar, como um ímã gigante, esvaziou as ruas do vilarejo, arrastando a maioria dos habitantes para a praia. Somente alguns náufragos vagam pelas ruas adormecidas, buscando a sombra das casas devastadas pelo sol. Também é preciso já ter alguma idade para começar a sentir afeto pela cidade onde a pessoa nasceu e passou a infância, para não percorrê-la com os olhos fechados da familiaridade e para não querer fugir da aventura todas as manhãs. Gosto de Barcelona porque minha vida transcorreu lá — Edgar nasceu neste hospital, neste bar eu beijava escondido o pai dele, aqui eu lanchava toda quarta-feira com o meu avô, e aqui você morreu —, mas acho que eu amaria Cadaqués mesmo que tivesse passado por ela somente uma tarde, a caminho de algum outro lugar, mesmo que eu viesse do outro lado do mundo e nada, nem cultura, nem língua, nem lembranças, me unisse a este *cul-de-sac* escarpado e feroz com ocasos de seda cor-de-rosa, açoitado por um vento negro que no inverno desbota sobre o mar, e onde tudo nos empurra para as nuvens e para o céu. Entro no açougue e recebo com alívio um bofetão do ar-condicionado. Nunca havia reparado na semelhança entre açougues e hospitais, penso com um calafrio, olhando as paredes e o piso de arenito branco, a fila de cadeiras agora vazias nas quais as senhoras se sentam à espera da vez, os cutelos como instrumentos cirúrgicos, prontos para o esquartejamento, e os tubos fluorescentes com sua luz gélida e tão pouco favorecedora. Espero não topar com nenhum namorado do passado, porque devo estar horrorosa, vou ser outra vez uma terrível decepção. Então vejo uma mulher de costas, diante do balcão refrigerado cheio de réstias de salsichas, montanhas de carne e pilhas de miúdos frescos, tenros e suculentos: a mulher de Santi. Não nos conhecemos, mas eu tinha visto uma foto dela com os filhos na casa de Santi, e sem dúvida ela também me conhece de rosto. Sinto uma mescla de excitação, pânico e alguma repulsa, mesmo sabendo que a única com direito a sentir repulsa é ela. É mais jovem do que eu e tem um físico sólido e agradável, pescoço curto e grosso, torso largo e volumoso sobre pernas finas, rosto redondo e bronzeado, olhos castanhos bem grandes e um pouco ausentes. O cabelo está preso num rabo de cavalo e ela usa uma túnica azul-turquesa comprida e ondulante com um colar de contas combinando. Apesar da baixa estatura e de um físico tão realista e terreno, dirige-se ao açougueiro com a afabilidade superior e condescendente de algumas pessoas ricas, em voz bem alta e sem olhar para ele. Sinto-me desconfortável demais e cada vez mais minúscula, como se sua voz autoritária e sua impaciência controlada fossem dirigidas a mim. De repente, ela se vira. Seu olhar de pálpebras pesadas desliza sobre mim sem me ver. Não se detém nem com surpresa, nem com indignação, nem com curiosidade, nem com o leve estremecimento de um olhar que topa com outro ser vivo. Ela simplesmente não me vê. Pega as sacolas da compra e se despede com uma saudação inaudível. Respiro aliviada e surpresa — eu, que não posso entrar num lugar sem tentar na hora apreender tudo e todos os que me rodeiam —, e imediatamente começo a fantasiar o que poderia ter acontecido e que no fundo me deixa alegre por não ter acontecido, não houve esposa humilhada, depreciativa ou furibunda nem amante cruel, patética ou digna tendo ao fundo *butifarras* e *fuets*. E penso em Santi com certa pena, por ele ter escolhido dormir ao lado dessa mulher atraente e mandona até o fim de seus dias.

Saio carregada de salsichas e entro no cassino para comprar cigarro e tomar uma cerveja. Então vejo o homem misterioso sentado a uma das mesas do fundo, ao lado do balcão, na penumbra, onde os velhos do vilarejo costumam se instalar para jogar cartas. Por um momento, penso, com certo sentimentalismo infantil, que foi você quem o colocou ali, como uma espécie de sinal. Você se preocupava porque fazia muito tempo que eu não me apaixonava de verdade, porque eu havia transformado num jogo uma coisa que te parecia muito importante ou porque o jogava com adversários que, na sua opinião — nisso você era a típica mãe —, não estavam à minha altura nem tinham a minha habilidade. E me dizia: "Garotinha, na sua idade o normal é estar apaixonada. Veja bem o que está fazendo". Por muito tempo, a única história de amor que me preocupou foi a minha história de amor com você.

Sento-me na mesa ao lado. Ele sorri abertamente para mim, como se nos conhecêssemos.

— Perdeu algum sapato hoje? — pergunta, inclinando-se para a frente e olhando meus pés.

Nós dois rimos. Ele tem um olhar reflexivo, implacável, sensível, um pouco triste, e só o desvia, de vez em quando, por timidez. Boca grande, com uns lábios bons de beijar, masculinos mas macios o bastante para permitir que se cravem os dentes neles, se contorce um pouco quando ri, enfeiando e infantilizando sua cabeça poderosa de herói grego. Sobrancelhas espessas, mais escuras do que o cabelo de ouro velho, curto e abundante que o inverno deve escurecer e que coroa, como uma pequena nuvem vaporosa, a testa ligeiramente abaulada. Queixo proeminente, protegido por uma barba de quatro dias que nele só deve levar dois para crescer. Olhos amendoados, de um cinza escuro e tormentoso, grandes, muito separados, como se quisessem invadir as têmporas e não perder nada do que acontece ao redor. A voz grave, profunda mas sem afetação, não desmente nem contradiz o físico.

— Por enquanto, não — digo. — É que a sandália, às vezes, quando a gente anda depressa, pode voar pelos ares se o pé não está bem preso, sabe? — explico, gesticulando e balançando o pé para que ele veja como o calçado balança. E também como o meu tornozelo é fino e delicado.

— Pois é. Eu sempre uso alpargata. No verão, quero dizer. Não ligo muito para moda.

— Não, não, eu também não. — Já estou mentindo, penso. Daqui a pouco estarei dizendo que sou apaixonada por futebol e que só leio poesia.

— Você não vai à praia?

— Acabamos de voltar. Tenho uma pele delicada, não posso me expor ao sol a esta hora, bom, na verdade em hora nenhuma. Meu dermatologista diz que a minha pele é uma aberração neste país.

— Sim. Você é bem sardenta! Um mapa de sardas.

— Quando eu era criança, odiava isso, no colégio ninguém tinha tantas sardas assim, eu era a estranha. Depois me acostumei. — E penso: quando homens como você começaram a me dizer que as adoravam.

— Pois eu adoro.

Sorrio agradecida. Tive sorte, nunca menosprezei nem dei por garantido o amor dos caras, sei até que ponto minha vida depende dele.

— Você já contou suas sardas alguma vez?

— Não...

— É, imagino. Vocês sempre perdem a conta antes de acabar, não é?

Nós dois rimos.

— Mais ou menos.

— Eu sou muito bom com números. — E desvia o olhar, franzindo o cenho, como se de repente precisasse dedicar sua atenção a um assunto importante e complicado.

— Não duvido. Posso te perguntar uma coisa?

— Sim, claro.

— O que você estava fazendo no enterro da minha mãe? Era você, não era?

— Sim, era eu.

— Você a conhecia?

— Não. Meu pai é que a conhecia.

— Não me diga que somos irmãos.

Ele ri de novo.

— Não, não.

— Ufa! Ainda bem.

— Meu pai, quando jovem, teve por alguns anos um lugar de música em Barcelona, um barzinho despretensioso, na verdade um inferninho. Sua mãe costumava frequentá-lo. Depois de certa hora, meu pai pegava o violão e começava a cantar. Sua mãe gostava muito. Sempre pedia a mesma música.

Ele falou como se estivesse contando uma história, era uma vez, há muitos anos, como se possuísse um estojo cheio de pérolas maravilhosas e, por alguma misteriosa razão, tivesse decidido me dar todas elas de presente. Estico as mãos geladas e aproximo minha cadeira da sua.

— Que música era?

— Não me lembro, acho que alguma argentina. — E prossegue: — Meu pai, claro, ficava impressionado com aquela mulher culta e discreta, tímida e amável, que descia da zona alta da cidade e que se emocionava com as músicas dele.

— Eu não conhecia essa história.

— Você ainda nem devia ter nascido. Um dia, depois do espetáculo, meu pai comentou com ela que estava com problemas de dinheiro. Eles não eram amigos, mas conversavam, como às vezes os frequentadores de um bar conversam. Sua mãe disse que ele fosse vê-la no dia seguinte em seu escritório. Quando meu pai chegou, ela perguntou de quanto ele precisava, abriu uma gaveta e entregou o dinheiro a ele. Sem perguntar quando o devolveria nem para o que era, quase sem conhecê-lo, sem pedir garantia nenhuma. Abriu a gaveta e lhe deu o dinheiro. Meu pai pagou até a última peseta, mas jamais esqueceu esse gesto.

— E o que aconteceu depois? Eles voltaram a se ver? Onde está seu pai?

— Não aconteceu nada. O dinheiro devia ser para pagar dívidas, imagino, meu pai era um desastre para os negócios. O bar acabou fechando, ele voltou para a Argentina. Morreu há alguns anos. Eu nasci aqui, minha mãe é catalã. Quando eu soube que sua mãe tinha morrido e seria enterrada em Cadaqués, decidi ir apresentar a ela meus respeitos, agradecer em nome do meu pai.

— E por que você não falou comigo?

— Achei que não era o momento. Você estava rodeada de gente.

— Teria salvado o meu dia.

Ele ri, olhando de novo ao longe.

— Acha mesmo?

— Talvez não. Acho que aquele dia não tinha mais salvação. E a garota que estava com você?

— Uma amiga. Os amigos servem pra isso, não é? Para se embebedar com a gente, ir aos enterros, esse tipo de coisa.

De repente meu celular toca, é Óscar, que acaba de chegar. Estão me esperando para o almoço.

— Preciso ir. Meu ex-marido número dois acaba de chegar.

Ele me olha com cara de espanto:

— São quantos ex-maridos?

Eu rio.

— Não, não, só dois. O normal para uma pessoa da minha idade e cheia de inquietações.

— Estou vendo. Até qualquer dia.

Saio depressa do bar, brincando com as pérolas rosadas, suaves e mornas que enchem meus bolsos.

12.

A grande mesa de madeira avermelhada com pé de ferro cor de lápis-lazúli, que meu tio desenhou há mais de quarenta anos, ocupa toda a sala de refeições. Uma janelinha de madeira comunica a sala com a minúscula cozinha, pensada numa época em que não havia crianças e em que se costumava almoçar e jantar fora de casa, e permite passar os pratos sem ter que se levantar. A localização estratégica das janelas e das portas faz com que o ar circule e tudo fique envolto em uma luz diáfana, sem sombras. Óscar e Guillem se tratam com respeito e simpatia, e tratam o filho um do outro com um amor muito próximo do paternal. Não sei muito bem de que jeito chegamos até aqui, exaltados e furiosos como somos, alérgicos os três à promiscuidade gratuita e à tolerância branda de grande parte da nossa geração. Óscar brinca com Edgar por causa do incipiente bigode dele, enquanto Guillem prende um guardanapo no pescoço de Nico para que ele não suje a roupa. Sofía paquera Guillem e ele a contradiz e zomba de tudo que ela fala, o que também é uma velha técnica de sedução. Elisa e Damián, imersos em seu tormentoso mundo de amantes apaixonados, trocam segredos em voz baixa. Ela enrola os cigarros para ele. Suas mãos se movem velozes e concentradas, são gestos precisos e femininos, quase maternais, a cabeça inclinada como se ela estivesse costurando, a suave cortina de cabelos cobrindo-lhe o rosto. Ao acabar, deixa-os delicadamente, como uma oferenda, diante do prato dele. De repente, me parece que, sem querer, estou presenciando um ato de submissão voluntária, algo levemente erótico e lascivo que só deveria ocorrer na cama, na intimidade, um ato muito mais íntimo do que cair na água sem roupa, uma espécie de serviço. Você me educou tão feroz e eficazmente contra qualquer tipo de submissão não lúdica que eu nem precisei virar feminista.

Guillem comprou dois quilos de mexilhões, que devoramos como se estivéssemos com saudade do mar. Bebemos vinho branco gelado como se fosse água. Sem dizer nada, Elisa desaprova nossa forma voraz e egoísta de comer — mais de uma vez, ao estar na cozinha preparando alguma coisa, ficou sem carne, sem salada ou sem bolo —, que as horas passadas no mar, ao ar livre, acentua. Sou grata por meus filhos terem deixado de ser príncipes urbanos para se transformarem em pequenos bárbaros de pele salgada e morena. Às vezes, quando Nico está olhando para outro lado, dou uma lambida no seu rosto gorducho, rosado e coberto de sardas, ele se finge de irritado e, morrendo de rir, faz a mesma coisa no meu. Em nossos melhores momentos, somos um bando de leões. Sofía explica a Óscar, pela enésima vez, que é gestora de uma importante empresa mercantil.

— Você acha que essa maluca pode ter um emprego desses? — ele me pergunta baixinho. — Ela não está inventando isso pra se fazer de interessante?

E a majestosa cabeça de touro, de boca profunda e simétrica, mandíbula quadrada e fronte ampla e reflexiva, ri daquele modo infantil e escandaloso com que muitos homens riem. Ri como nossos filhos, e como Guillem, cujas mãos gastas, decididas e levemente comoventes não são muito diferentes das dele. E em seus suaves olhos escuros se fundem os olhos mais acanhados e enlouquecidos de Santi e os mais claros e tristes do misterioso desconhecido de agora há pouco, tal como num caleidoscópio mágico capaz de convocar fragmentos ao mesmo tempo do passado, do presente e do futuro.

Sabemos, sem que seja preciso dizer, que esta noite vamos dormir juntos. Assim que nos vemos, mesmo que seja só para ir almoçar ou ir à farmácia, nos transformamos num casal, como se a soma das duas partes não pudesse resultar em nenhuma outra coisa, como se fôssemos a fórmula exata e perfeita de algo, embora não tenhamos conseguido, e talvez nunca vamos conseguir, descobrir por quê.

— Por que a gente não namora de novo?

O sol se filtra através das desbotadas cortinas cor-de-rosa e faz com que todo o aposento fique banhado numa luz dourada e tépida de reflexos avermelhados. Sinto a felicidade tola e irresponsável dos despertares que se seguem às noites de muitos beijos e algumas mordidas.

Óscar abre um olho e começa a rir. Lembro de uma das primeiras vezes em que dormimos juntos, ele saiu cedo para ir trabalhar e dali a pouco me enviou uma mensagem: "Gosto de abrir um olho e ver você ao meu lado". Entramos de cabeça nesse redemoinho que transforma os mortais em deuses invencíveis e que durante um tempo os faz acreditar que não estão sozinhos. E eu, que pensava que o fim da história com Guillem havia significado o exílio definitivo desse território, voltei a habitá-lo por algum tempo, com a mesma certeza, euforia, cegueira e gratidão da primeira vez. Uma das coisas mais surpreendentes do amor é sua milagrosa capacidade regenerativa. Não voltei a pôr os pés nessa ilha cujo caminho secreto todos nós ignoramos, até que um dia, ao abrir os olhos, como por mágica, lá estava eu de novo.

— Vem cá.

— Não, sério.

Sexo de manhã me tira toda a energia acumulada durante o sono e me transforma numa mocinha lânguida, convalescente e como que desossada o resto do dia. E hoje eu vou visitar você no cemitério.

— Vem, vem. Olha. — Levanta o lençol e, com um sorriso de orelha a orelha, me mostra seu corpo desperto.

Mas eu não quero voltar a me meter nesse mar, preciso tocar a terra, oliveiras ásperas e retorcidas, pedras ardendo, nuvens altas e anêmicas.

— Óscar, estou falando sério, quero ser sua namorada — insisto, com um tom não muito diferente do que utilizava na infância para convencer a babá a me comprar um sorvete ou a me deixar ver um filme para adultos, uma mistura felina de súplica e comando.

— Blanquita, eu adoraria, você sabe muito bem, só que depois de dois dias você me mandaria pro inferno de novo.

— Não. Não. — Digo isso balançando a cabeça com veemência, tentando varrer com meu cabelo cor de palha todas as nossas dúvidas. — Eu não trepo com ninguém como trepo com você. — Continuo não entendendo que tudo que meu corpo afirma, sempre de maneira irrefutável, por exemplo, que eu fui feita para este cara, a vida, depois, se encarrega de negar, e com uma veemência também indiscutível.

— Isso não basta. É bom — ele me olha um segundo com seu sorriso de lobo —, mas não basta. Você sabe disso. — De repente, ele parece cansado, como um ator que há anos interpreta o mesmo papel com uma protagonista muito mais jovem e inexperiente.

— Mas é muito — digo, me lembrando, com um calafrio imperceptível, da sensação de estupefação e de plenitude da noite anterior. — O fato de continuarmos nos atraindo dessa maneira depois de tantos anos já é muito.

— Sim, é incrível — diz, sorrindo. Ele se rende. Rende-se, claro, às lisonjas, como todo mundo, e também à luz de ouro que banha o quarto e meus ombros redondos e escorregadios, e seu próprio corpo vigoroso e descontraído como o de um adolescente e ao qual ele é incapaz de negar qualquer coisa sensual que não prejudique sua saúde. — Assim que eu te vejo, já vou pensando: "Trepar, trepar, trepar".

— E a gente se gosta.

— Sim, a gente se gosta muito. — Fica em silêncio por um momento. — Mas não nos suportamos. Você não me suporta. E me tira do sério, ninguém jamais conseguiu me tirar tanto do sério assim.

Começo a rir, embora há anos eu não considere a capacidade de enfurecer o parceiro como algo especialmente meritório, e sim um dos degraus mais baixos da paixão.

— Lembra daquela vez em que estávamos andando de moto e você se aborreceu tanto, não lembro por quê, que me fez descer e me largou no meio da rua?

— Aquela em que você atirou o capacete na minha cabeça e quase provocou um acidente?

— Vamos casar — digo, com a frivolidade e a ligeireza com que costumo falar de coisas importantes e graves. A sério e durante horas, só falo de bobagens; assuntos importantes como amor, morte, dinheiro, esses eu despacho com uma frase, com um levantar de sobrancelhas e uma gargalhada nervosa, por vergonha, calculo, mas também por indolência e fraqueza de caráter. Óscar sabe bem disso, e também é esperto demais para responder a sério a uma proposta que, por razões diferentes, por amor, ciúme, medo, fomos nos fazendo ao longo dos anos.

Ele começa a rir.

— Você está maluca. E onde a gente ia viver? Na sua casa eu não vou caber.

— Ah. — Penso na água-furtada de madeira e luz onde vivo com os meninos como numa pequena e confortável toca entre as árvores, cheirando a groselha, a rosas e a bolachas Maria e que o odor de madeira, pimenta e musgo de um homem perturbaria. — Não posso deixar a minha água-furtada, adoro aquilo.

Ficamos calados um momento.

— Viu? Você é incapaz de se sacrificar por alguém.

— Não é verdade — protesto debilmente.

— Incapaz de renunciar a essa vida desorganizada e infantil que você leva, ao desejo de ser sempre diferente dos outros, de fazer sempre o contrário.

— Não é verdade. Você é que é muito rígido e intransigente. Vi a cara que você fez ontem, quando os meninos comeram o terceiro crepe de chocolate.

— Porque foi uma idiotice. Três crepes de chocolate não são um jantar. Além disso, não vejo por que jantar fora todos os dias. É gastar por gastar.

Lembro das discussões intermináveis sobre se era necessário ou não comprar outro tênis para Nico, sobre a minha tendência ao esbanjamento — com meu próprio dinheiro, jamais com o dele —, sobre os meninos não poderem se levantar da mesa enquanto não comessem tudo, não poderem ver mais de uma hora de televisão por dia, não poderem dormir na cama dos pais, sobre já terem brinquedos demais. E a faxineira que não roubava mas era preguiçosa e a quem ele sempre pagava com alguns dias de atraso, para fazê-la notar que não estávamos totalmente satisfeitos com seu rendimento. E o restaurante encantador, mas poderíamos ter comido em casa do mesmo jeito. E o dia em que nevou em Barcelona e tivemos que ir resgatar os meninos a pé, até a outra ponta da cidade, e que eu vivi como uma aventura mágica — a heroína do conto com a bota encharcada, lutando contra os elementos da natureza para ir salvar seus rebentos, que não conseguiram voltar para casa com a babá porque o metrô tinha parado de funcionar e não havia um só táxi em meio ao caos algodoado e festivo, os faróis dos carros como luzes de Natal iluminando os floquinhos gelados que se enredavam nos meus cílios e aderiam aos lábios — e ele como um aborrecimento insuportável. Os andaimes sensatos, realistas e irrenunciáveis da vida de Óscar, que para mim são como as grades de uma prisão. E minha flutuação incessante, que para ele é sinônimo de trivialidade, excesso de confiança e displicência.

— Bom, então pelo menos vamos ser amantes.
— Não. Eu quero tudo ou nada.
— Vamos conversar sobre isso.
— Já conversamos mil vezes, Blanquita. Você não quer um relacionamento. — Ele diz isso com cansaço, em voz baixa. — Pelo menos não comigo — acrescenta, no tom neutro com o qual dizemos as coisas que, com a mesma lâmina e o mesmo gesto, degolam e nos degolam. — E, seja como for, preciso ir embora, tenho muito trabalho em Barcelona.

Sei que não é verdade, porque é sexta-feira, porque é verão e porque ultimamente ele tem passado os fins de semana com a namorada.

— Você vai atrás daquela puta, não vai? — Não quero ficar triste, afinal a tristeza é um sentimento delicado, modulado, profundo e de longo percurso; prefiro me enfurecer.

— Ela não é puta. É muito simpática — diz ele.
Salto da cama com um grunhido.

— Simpática, que virtude mais interessante — murmuro. E bato a porta com força, sem escutar suas súplicas irônicas.

Óscar passa o resto da manhã com um humor risonho, enviando e recebendo mensagens. Depois do almoço vai embora.

— Sempre estarei por perto — me diz ao se despedir —, você nunca vai me perder.

— Sério?

— Claro. Ninguém vai amar você como eu — afirma com expressão grave.

— Bom, alguém talvez sim, não acha?

Ele acrescenta, como se não tivesse me escutado:

— Seja como for, a vida dá muitas voltas, nunca se sabe.

— É verdade.

Mas talvez a nossa já tenha dado todas as voltas que podia dar e a roda da roleta se deteve pela última vez, de novo, num número perdedor. E já estamos absolutamente arruinados. Eu queria poder reconstruir o mundo, ou um esboço de mundo, com as peças que tenho, recompor o quebra-cabeça, e que algo voltasse a ser como antes, não ter que me aventurar para fora nunca mais, no entanto acho que ainda faltam muitas peças.

Ele tenta me beijar nos lábios, mas eu viro o rosto.

Assim que Óscar fecha a porta, Guillem exclama, contente por voltar a ser o único homem adulto (Damián, por ser apenas um visitante sem nenhuma relação sentimental comigo, não conta):

— Ainda bem que ele já foi, esse cara é muito rígido, não entendo o que você vê nele.

Tento rir.

— Tem razão, ontem ele não queria que os meninos jantassem três crepes.

Dou aos meus filhos uma quantidade exorbitante de dinheiro para eles irem comprar panquecas com doce de leite no argentino ao lado da igreja. Digo a mim mesma que nada tem muita importância, que de fato a vida dá muitas voltas. Mas a sensação é de eu ter engolido um pedaço de vidro.

13.

Esgotados por outro dia de mar, os meninos vão dormir cedo. O terraço está praticamente às escuras, e do vilarejo sobe a agitação alegre e cálida das noites de verão. A igreja, majestosa, iluminada como um cenário de teatro, parece se vingar do protagonismo diurno do mar — que agora, obediente e como uma poça escura e taciturna, limita-se a refletir a luz branca da lua e a mais amarela dos postes do vilarejo — e abrigar, sob suas asas caiadas, as casas que se apinham ao seu redor. Damián e eu, como duas crianças doentes que tomam o xarope dado pela mãe, fumamos os baseados que Elisa, habilidosa, nos prepara. Vejo os dois cochichando na outra extremidade do terraço, ela, inclinada de novo para a frente, fala com Damián sem olhá-lo, ele a escuta fitando o horizonte e sorrindo. Guillem e Sofía bebem — nunca vi Guillem nem Óscar fumarem maconha —, enquanto ele tenta convencê-la a ajudá-lo a arrancar o mato que invadiu o jardim dos fundos. Estão aqui uns amigos de Damián com os quais já topei em várias ocasiões, em jantares e eventos sociais. Observo-os através da lucidez mesquinha e cruel proporcionada pelo álcool, pelos baseados, pela frieza e pelas ideias negras sobre Óscar e Santi, com quem marquei de me encontrar amanhã. Os homens, muito simpáticos e um pouco formais, utilizam a cultura e um senso de humor bem calculado como proteção contra o mundo e como manobra de despistamento de um físico incômodo e pouco agraciado — o qual, no entanto, não os impede de julgar crua e implacavelmente a beleza feminina —, certo cavalheirismo afetado e condescendente como substituto da boa educação e uma maneira bem-comportada e pequeno-burguesa de se vestir, como se a mãe deles ainda escolhesse e passasse suas roupas. As armas deles são a inteligência, o senso de humor e um olho infalível para detectar as misérias alheias. Os dois escrevem. Elas são bonitas e elegantes, espertas, cautelosas e discretas. Falam pouco, com doçura e uma afabilidade desconfiada, enquanto olham ao redor com dissimulação. Trouxeram um violão. Juanito, o mais baixo, o mais brincalhão e melancólico, põe-se a tocar e a cantar, as mulheres o acompanham. Com graça e entusiasmo, interpretam canções de amor sul-americanas. Penso que talvez uma dessas músicas seja aquela de que você tanto gostava quando ia ao boteco daquele homem. Sofía — que se pôs a cantar aos berros assim que soou o primeiro acorde da primeira rancheira que ela conhecia — e Guillem começam a dançar. O outro amigo de Damián, Pedro, que se mostra solícito e carinhoso como sempre, se aproxima de mim. Fala da sua última estada em Nova York, de seus filhos de diferentes mães espalhados pelo mundo, um aqui e outro em Amsterdã, da despesa que lhe dão. Já almoçamos juntos algumas vezes e ele sempre pagou ostensivamente, talvez um pouco ostensivamente demais.

— Como você está? — ele me pergunta.

— Mal. Cansada. Sinto saudade da minha mãe. — Penso que talvez devesse ter mentido para ele. Ter dito que está tudo sob controle. A verdade é uma porta que eu abro cada vez menos, o muro alto e escorregadio da mentira, da cortesia e do sorriso rápido me protege como um manto, mas hoje não tenho forças nem vontade de erguer essa parede. — Às vezes tenho a sensação de que perdi tudo — acrescento, esperando que ele me responda com o habitual silêncio que envolve a morte. Dou outra tragada no baseado. Olho para Damián, que do lado de lá do terraço também fuma fazendo pausas, como se fosse meu reflexo. Seus olhos, avermelhados e reluzentes, param demoradamente nos meus, como num espelho embaçado pelo vapor, como se tentássemos nos reconhecer. Sorrio para ele, Damián deve ser um bom companheiro de farra, entusiástico e valoroso, acho que Elisa, além de lhe servir de mãe e de transar com ele, o protege de si mesmo.

— Mas veja, Blanca, você sabe muito bem que isso não é verdade — Pedro me interrompe, quebrando o vínculo narcotizante e sonolento que inesperadamente me uniu a Damián. — Você não parece uma pessoa abandonada. — Diz isso com certa rispidez e abrindo muito seus olhos de garoto esperto, como se de repente se desse conta de que está falando com alguém muito mais tonto do que ele imaginava.

— O que eu quero dizer é que quase todas as pessoas que eu mais amei já morreram, e que perdi muitos lugares da minha infância e juventude — explico.

— Mas você observou todas essas pessoas e todos esses lugares quando eram seus, não foi? — continua ele, no tom um pouco irritado de um professor diante de um aluno subitamente decepcionante. Percebo que nós dois estamos chapadíssimos.

— Sim, claro. Eu poderia te descrever cada cantinho da casa da minha mãe. Me lembro de todos os tons, do acaju ao grená e ao negro, que as prateleiras de mogno onde ela guardava seus livros iam adquirindo com o passar das horas e o cair do sol. Sei a temperatura exata de pão saído do forno que as mãos do meu pai tinham, e seria capaz de desenhar agora pra você o copinho de vinho tinto meio cheio que ele sempre deixava na cozinha. Quer que eu desenhe? Posso desenhar agora. Vá buscar lápis e papel que eu desenho.

— Querida — prossegue Pedro sem sair do meu lado —, a observação, e não só o amor, nos torna donos das coisas, das cidades que visitamos, das histórias que vivemos, das pessoas, de tudo. Todas as coisas pelas quais você passou sem indiferença, com atenção, são suas. Você pode convocá-las quando tiver vontade. — Seu rosto comprido de mordomo do capitão Haddock se franze com uma careta feíssima. Tenho vontade de alisá-lo suavemente com a ponta dos dedos, mas limito-me a lhe passar o baseado.

— Não, cara, não. — Percebo que nunca o chamei de "cara". — Acredito que há coisas que perdemos para sempre. Na verdade, acho que somos mais as coisas que perdemos do que as que temos. — Levanto a vista para seu quarto escuro, mamãe, em cuja porta Patum monta guarda desde que chegou. Afinal, hoje também não fui visitar você no cemitério.

Pouco a pouco, vai se tecendo um fio entre os que estão cada vez mais chapados, uma delicada teia de aranha que, involuntariamente, exclui os lúcidos. Sorrio entre brumas para Damián, que parece estar muito longe. Aperto os olhos para vê-lo melhor. O olhar interrogativo e fulminante de Elisa, que quase não bebe, só fuma cigarros e é implacável com todo mundo, menos com seus namorados, resvala em mim como algo levemente untuoso e desagradável, e prossigo a conversa muda e disparatada que mantenho com os olhos cada vez mais enevoados do namorado dela. Faço a ele um sinal para que se aproxime de nós, com medo de que acabe se dissolvendo na bruma e desapareça para sempre. Ele senta ao meu lado e conversa com Pedro. Por um instante, tudo me parece perfeito, que nada está perdido e que Pedro tem razão. A música se mistura com as vozes dos meus amigos e com o barulho do mar, como uma canção de ninar conhecida e protetora. Apoio a cabeça no ombro de Damián e fecho os olhos.

Acordo com uma ressaca monumental. Deve ser tarde, porque não ouço os meninos, que já estão na praia, e porque pela janela entra uma luz insolente e implacável que, mesmo eu fechando os olhos, continua me espetando as pálpebras e as têmporas. Visto meu robe de Dama das Camélias e subo lenta e cuidadosamente a escada, tentando me mover o mínimo possível para que meus passos não ressoem na minha cabeça. Preparo um chá e começo folhear um jornal velho. Nesse momento, Elisa aparece.

— Oi! — Estou contente por vê-la, desde que ela passou a sair com Damián quase não temos conversado. — Como foi bom ontem, hein? Seus amigos são simpáticos, aquilo deles trazerem o violão foi uma ótima ideia. Precisamos repetir.

Ela me olha sem dizer nada, muito séria. Está com uma cara cansada, com olheiras, mas não olheiras boas, de uma noite de diversão e beijos, e sim olheiras de insônia e preocupação.

— Elisa, o que aconteceu?
— Você sabe muito bem o que aconteceu.
— Não, não sei. E a dor de cabeça está me matando, por isso não estou a fim de adivinhações. Você pode me dizer, por favor? — Começo a sentir uma apreensão, uma vaga inquietação relacionada com as brumas da noite anterior.

— Aconteceu que ontem eu vi uma coisa que me inquietou e me entristeceu muito. — Ela se cala e me olha com a mesma expressão dura e grave, agora me lembro, da noite anterior.

— O que você viu?
— Vi você dar boa-noite ao Damián.

Rio, achando que ela está tirando sarro da minha cara.

— Sim, ele beijou minha boca, como sempre faz.

Penso que não é a primeira vez, nem será a última, em que depois de uma noitada me despeço de um amigo com um beijo rápido nos lábios. Ontem a iniciativa foi de Damián, por um instante pensei em rechaçá-lo, mas disse a mim mesma, divertida, que ele era um descarado (nesta época de covardes os caras de pau merecem reconhecimento), vi ao nosso lado, como um raio, o olhar sombrio de Elisa, mas tudo aconteceu muito depressa e, quando acabei de pensar, o sobrevoo dos lábios dele sobre os meus também já havia terminado.

— Ah, a iniciativa foi dele. Ufa! Ainda bem!

— E depois Pedro me beijou.

— Blanca, querida, não estou falando de Pedro. Sei que muita gente beija você.

Rio de novo, sem acreditar na conversa que estamos tendo, tão imprópria de nós duas e da nossa amizade.

— Elisa, passa mesmo pela sua cabeça que eu possa seduzir seu namorado? Você ficou louca?

— Pode ser que eu esteja completamente louca, mas sei o que vi e, claro, posso ter visto mal.

— Elisa, ele não me beijou, apenas encostamos os lábios. Estávamos muito chapados. Somos amigos. Enfim, eu te prometo que nunca mais vou dar um beijo nele, de nenhum tipo.

— Blanca, querida, há dias que eu vejo você agarrada ao braço dele.

Começo a rir de novo.

— É verdade — acrescenta ela em voz baixa.

— Eu tenho simpatia por Damián, e ponto final. Mas, tudo bem, vou deixar pra lá as demonstrações físicas de carinho também. Elisa! — Levanto e a agarro pelos ombros, como se tentasse despertá-la de um pesadelo. — Você acha mesmo que eu teria um lance com Damián? É o maior absurdo.

— Ah, claro! — ela exclama, mais indignada ainda. — Ter um lance com Damián deve ser mesmo uma babaquice total, só eu pra ser suficientemente idiota e ter um.

— Não, não é isso. É que eu jamais teria um caso com o namorado de uma amiga. Você já devia saber disso. Ainda mais com a quantidade de homens que há no mundo. — Começo a me dar conta de que qualquer coisa que eu diga não faz diferença para ela.

— Mas se atracaria com ele e se despediria com um beijo nos lábios, isso sim.

— Eu te garanto que se atracar com um homem é outra coisa. Somos amigos, Elisa, mais nada.

— Blanca, isso entre vocês não é amizade, é flerte.

— A amizade é sempre um flerte.

— Ah! Nesse caso então, vamos lá! — Faz um gesto amplo com a mão, como se estivesse autorizando o avanço de um exército.

— Elisa, sério, Damián não me atrai, eu apenas simpatizo com ele. E foi um beijo que mal me encostou nos lábios. — Percebo que vou ter enxaqueca o dia inteiro. — Seja como for, beijar na boca não é uma coisa tão íntima assim, eu faço isso com os meus filhos, com os meus amigos, com as minhas amigas — acrescento.

— Sabe de uma coisa, minha querida Blanca? Essa sua ideia infantil de um novo tipo de sociedade, que em tese nossa geração está construindo sem que ninguém se dê conta, na qual todo mundo se entenda e beije quem quiser quando dá vontade, e entre e saia das relações como quem entra e sai de casa, tenha filhos aqui e ali, só funciona quando a gente não está nem aí para os outros.

— Mas isso não tem nada a ver comigo, eu estou aí, sim, para os outros.

— Você não está nem aí para ninguém. Com exceção dos seus filhos e, talvez, da sua mãe. E quer saber? Estou farta de ficar te psicanalisando. Sua mãe morreu, já era idosa, estava muito doente, nos últimos seis meses sofreu muito e te sacaneou muito, mas teve uma vida maravilhosa, amou e foi amada, teve sucesso, amigos, filhos, divertiu-se e, pelo que você conta, sempre fez o que lhe deu na telha. Você a amava, está triste e um pouco perdida, mas isso não lhe dá o direito de virar de pernas para o ar a vida de todo mundo.

— Eu nunca quis virar a vida de ninguém de pernas para o ar. Sabe qual é o seu problema, Elisa? — E, sem lhe dar tempo de responder, acrescento: — É que você é uma covarde, por isso sempre se negou a experimentar drogas, não quer ter filhos, precisa ter sempre um namorado ao seu lado. Por medo. Você vive numa gaiola, reconheça. — Tenho certeza de que a qualquer momento minha têmpora esquerda vai explodir, uma parte do meu cérebro vai sair num jorro e isso porá um fim à discussão.

— Falou a patricinha que vive de renda, que nunca na vida pôs os pés num hospital público e que protesta quando marcamos um encontro nos "bairros baixos", nos quais, claro, eu vivo. Não se engane, quem vive numa gaiola e num mundo de fantasia absolutamente inventado, que tem pouquíssimo a ver com a realidade, é você.

— Eu não vivo de renda.

— Vou embora. É muito difícil conversar com alguém que só quer dizer coisas engraçadas o tempo todo. Damián está me esperando no estacionamento.

Quando ela está atravessando o jardim, eu grito:

— E quer saber? Meus beijos são meus. Não tenho que dar satisfações a ninguém do que eu faço com eles, eu os distribuo como me dá na telha, eu os divido com quem eu bem quiser. Como o dinheiro. Só que beijos todo mundo tem, eles são muito mais democráticos, e também mais perigosos, põem todos no mesmo nível. Se você fizesse a mesma coisa, se todo mundo fizesse a mesma coisa, o mundo poderia ser um pouco mais caótico, mas seria muito mais divertido.

— Adeus, Blanca.

Ela dá meia-volta e se afasta. Ouço um assobio e, ao levantar os olhos, vejo Guillem debruçado numa janela. Ele me olha boquiaberto, leva o dedo à têmpora e faz o gesto de "vocês enlouqueceram?". Fecho a porta com força e começo a chorar.

14.

Guillem vai buscar os outros na praia para irem de barco até o farol e eu passo o resto da manhã em casa, acompanhada apenas por Patum, andando como uma alma penada com uma trouxinha de gelo picado que vou passando pela testa para tentar amortecer a enxaqueca. Patum sabe que você já não está, não entra no seu quarto, fica na porta esperando e fareja cada cantinho da casa atrás do seu cheiro ou de algum sinal que indique que você vai voltar. Eu também. Pensei em repetir alguma viagem que fizemos juntas, a Atenas, a Veneza, a Nova York. Talvez encontre você nesses lugares. Ontem Guillem me contou que o veterinário disse que Patum não vai viver muito, duvida que ela chegue até o inverno. É a última de uma ninhada gloriosa que nasceu lá em casa e que você distribuiu entre seus amigos da época. Lembro da minha angústia e do seu entusiasmo ao ver Nana ir deixando pela casa uns pacotinhos de carne palpitante e viscosa, acho que nasceram nove, um morreu poucas horas depois, mas os outros sobreviveram. Você mandou fazer uma caixa enorme de madeira, instalou-a ao lado da sua cama e passou semanas observando e cuidando deles, absolutamente indiferente ao cheiro de criadouro que invadiu seu elegante aposento framboesa, espelhos, cômodas de mogno e quadros de mulheres voluptuosas, encarregando-se de que os mais gulosos deixassem os mais fracos e magrinhos comer e de que Nana, a mãe, conseguisse descansar. Não era difícil ver ali a menina que você foi; eu também amei essa menina.

Patum me olha com cara de pesar, ela me ama com um amor irracional e desproporcional, que talvez seja o único tipo de amor que vale a pena, aquele que não merecemos, mas agora ela é a cachorra de Guillem, talvez sempre tenha sido, afinal foi ele quem lhe deu o nome, e as coisas, não sei se também as pessoas, pertencem a quem sabe nomeá-las. Temo a morte dela e que este lado do mundo esteja ficando vazio demais, há dias em que sinto o sopro dos meus mortos na nuca, como uma força silenciosa e orgulhosa que me impele, mas há outros em que atrás e na frente só há precipícios. Penso em Rey com seu velho manto branco escurecido pelo tempo, ele também ficou sem dona.

Espero que os meninos voltem felizes e exaustos do passeio de barco. Edgar cada vez mais bronzeado e Nico cada dia mais sardento, não posso deixar de rir, como a bruxa má do conto infantil, quando penso nos corações que eles vão partir e que vão partir os deles, nas tragédias sentimentais que nos esperam, os dois tão dotados incautos, sensíveis, arrebatados, acanhados —, tão predestinados, embora ainda não saibam, para esse jogo. Dispenso-me do almoço e vou para o meu quarto, esperando que o sono e a escuridão total aliviem a dor de cabeça. Ouço-os sentar à mesa entre risos e gritos, enquanto Sofía vem me perguntar se preciso de alguma coisa e passar um pouco de colônia de limão na minha testa. Dali a pouco, Guillem desce.

— Como está a Dama das Camélias? — pergunta, sentando ao meu lado na cama. — Está com fome? — Ele ainda está com a roupa de praia, calção de listras amarelas e azul-celeste que desce até a metade das coxas e uma das camisetas do instituto onde ele dá aulas. Está muito bronzeado e parece feliz.

— Não, não, obrigada.

— Não sei por que você fuma essas merdas.

— Tem razão. Por favor, você pode me dar a mão e ficar um pouquinho aqui, me fazendo companhia?

Ele pega minha mão com um grunhido; Guillem é pouco inclinado a demonstrações verbais de afeto e a gestos de carinho, a toda a parafernália com que a maioria das pessoas reveste o amor. No entanto, confio cegamente que, em qualquer circunstância grave, ele fará sempre o que for correto, decente, compassivo. No resto do tempo, dedica-se a rir de si mesmo e dos outros, a beber e a tentar fazer seus alunos aprenderem um pouco de história. Eu não sabia disso quando o conheci, tampouco quando nos separamos, mas sei agora, que ainda resta tempo.

— Sua amiga Sofía está maluca — diz com despreocupação, mas me olhando fixamente e com alguma urgência.

— Sim, ela é uma figura, um personagem.

— Ela gosta muito de você. Ontem passou horas falando a seu respeito — acrescenta.

— Eu também gosto muito dela, é uma grande pessoa. E te atrai, não atrai?

— Não é ruim, mas se você não quiser que... — diz ele, deixando a frase em suspenso. Sorrio ao pensar que estou num dos meus leitos de morte e meu ex-marido está me pedindo permissão para sair com a minha melhor amiga. Com certeza eu também vou pedir sua bênção se algum dia me apaixonar de novo, afinal ele e Óscar são a coisa mais próxima que tenho de um pai.

— Vá em frente — digo, apertando sua mão com mais força. — Mas se ela te magoar, eu mato ela.

Ele sorri.

— Vamos torcer para que não seja necessário — diz, dando por encerrado o assunto. — Bom, vou subir, se eu não estiver lá os meninos não comem. — E sai do quarto sem fazer barulho.

Ainda bem que os ciúmes têm prazo de validade, penso, enquanto apoio a trouxinha de cubos de gelo no olho direito. O amor, não, pelo menos no meu caso. Continuo amando todas as pessoas que um dia eu amei, não consigo deixar de ver, através de todas as deserções e da maioria das deslealdades próprias e alheias, a pessoa daquele tempo, nítida, antes que tudo se transformasse em cinza. Com certo heroísmo estúpido, não renego nenhum dos meus amores nem nenhuma das minhas feridas. Seria como renegar a mim mesma. Sei que não é assim para todo mundo, o manto da vergonha é espesso e resistente, e muitos carregam seus ódios e ressentimentos como insígnias, espadas em riste, com tanto orgulho e tenacidade quanto seus afetos. Já faz tantos anos que Guillem e eu nos separamos! Eu o amo, mas o liberei do meu amor, a pessoa pode se liberar sozinha, sem dúvida, só que é sempre mais fácil se o outro tem a generosidade de lhe dar claramente um pontapé, porque não é fácil renunciar ao amor de ninguém; o pobre Óscar, em compensação, arrasta minhas correntes — e eu as dele — como o fantasma de Canterville, ruidosa e pesadamente.

Durmo até a tarde. Ao acordar, encontro uma mensagem de Damián me pedindo desculpas por ter me metido "neste rolo" e outra de Santi propondo que a gente se encontre por algumas horas num hotel. Deleto a de Damián sem responder e marco com Santi para a noite.

Antes de sair de casa, vejo Guillem e Sofía embolados na rede do terraço, enquanto Úrsula lava os pratos com grande estardalhaço. Edgar está no quarto, jogando no computador, e os menores já foram dormir faz tempo. Atravesso o jardim acompanhada pelo canto dos grilos. Um lagarto pequeno se assusta ao ouvir minhas pisadas e desaparece veloz e frenético entre as pedras ainda mornas. O vilarejo está cheio de gente, famílias satisfeitas, jovens esperançosos, crianças mortas de sono, lojas abertas e terraços abarrotados diante de um mar silencioso de prata suja. Um grupo de *pachanga* toca na praça e tenta, sem muito sucesso, estimular os veranistas a entrarem na dança, e somente alguns pais, escudados em seus pequenos filhos, se aventuram a dar alguns passos discretos ao ritmo da música. Quando passo pelo cassino, vejo o misterioso desconhecido sentado à porta bebendo cerveja com amigos, reconheço a garota do enterro, que me olha sorrindo. Ele se levanta ao me ver e se aproxima.

— Olá. Como vão as coisas? — pergunta.

Noto que seu nariz está descascando e que seu dedão do pé está saindo pela alpargata esburacada e sebosa. Ele me olha com atenção e certo distanciamento, mas sei que os dias passados ao sol, o reflexo dourado das luzes da rua recém-acesas, as horas de sono e a perspectiva de ir me encontrar com meu amante jogam a meu favor, colorem minhas bochechas e fazem meus olhos brilhar. Fico toda empertigada e puxo um cigarro. Ele também exibe suas plumas, mete as mãos nos bolsos e veda imperceptivelmente minha passagem. Pela primeira vez considero, com uma mistura de indiferença e apreensão, que ele talvez seja mais novo do que eu, embora eu nunca tenha pensado na minha juventude como arma de sedução — como também não me ocorreu que um dia ela fosse acabar —, dessa forma, por enquanto apenas observo sem entusiasmo mas sem desespero excessivo o início da decadência física, à qual provavelmente se seguirá a decadência mental.

— Tudo bem.
— Quer beber alguma coisa?
— Eu adoraria, mas estou com um pouco de pressa.

— Certo, muitos homens à sua volta. — Penso em Santi, que já deve estar me esperando e quem, desde que marcamos, tenho menos vontade de ver do que antes, e penso nos outros homens que, como curativos, encobrem uma reticência profunda em tentar reconstruir alguma coisa que, de qualquer modo, acabará em ruínas. No entanto a cada dia ignoro menos o caráter doentio da solidão e a facilidade com a qual, em certos momentos, ela resvala pelo declive liso e escorregadio do desespero. — Bom, fica pra outro dia — ele acrescenta, dando um passo para o lado. Ele me dá um beijo e sinto seu rosto louro, áspero, tépido e promissor contra o meu.

— Não, não, na verdade ainda tenho um minutinho — digo, consultando meu relógio de pulso e fingindo calcular o tempo. — Claro. Qual é o seu nome?

— Martí.

— Prazer. O meu é Blanca. — Estendo-lhe a mão num gesto automático, um pouco absurdo e formal, pois já sei, por sua maneira de olhar nos olhos e pelo toque do seu rosto, que ele vai apertá-la com firmeza e que sua palma estará seca e será cálida.

Nos juntamos ao seu grupo de amigos, um rapaz e duas moças, que me acolhem amavelmente, com a curiosidade dissimulada e afável típica do Empordà. As mulheres, solteiras, nenhuma amarrada ao compromisso que se conta em anos ou em filhos e que amordaça a boca ou solta a língua — nunca ouvi ninguém falar dos homens com mais dureza e crueldade do que as mulheres que acham uma bênção ter se casado —, comentam a respeito de uns caras. Os dois escutam com ar jocoso e sarcástico, mas sem retrucar com nenhum desses chavões irritantes e na maior parte das vezes falsos e chatíssimos que às vezes nos atribuem e que nós também nos atribuímos.

— E você, o que busca num homem? — me pergunta de repente a moça que eu nunca tinha visto, uma jovem de cabelo castanho comprido, olhos escuros e olhar faminto, com a familiaridade que conversas desse tipo costumam provocar quase de imediato entre mulheres.

Fico pensativa um instante, sem saber se brinco ou respondo sério, deliciosamente consciente da presença ereta e delicada de Martí ao meu lado, ele bem mais alto do que eu.

— Gosto de caras que me dão vontade de ser mais esperta do que eu sou. — E acrescento em voz baixa: — Normalmente eles me dão vontade de ser mais tonta.

— Menina! — exclama a garota, rindo. — Você está pedindo demais.

Segue-se uma longa conversa, da qual Martí e eu quase não participamos, sobre o que homens e mulheres buscam no sexo oposto. De maneira natural, sem nenhuma intenção consciente de nenhum dos dois, nos separamos do grupo. Percebo que estou nervosa, ainda não fui capaz de pronunciar o nome dele, e a taça que eu, até um momento atrás, rodeada de pessoas e de risadas, segurava com firmeza entre os dedos, agora treme um pouco na minha mão. E de repente também fica evidente para mim, de um jeito doloroso, a espera inútil e desumana de Santi no hotel.

— Agora preciso mesmo ir. Está tarde. — E como para retardar o momento em que ele se despedirá de novo e eu terei que ir de verdade, acrescento: — Quando é seu aniversário?

Ele me encara, perplexo.

— Não me diga que você acredita em horóscopo.

— Não. Não muito. Só queria saber para te dar uma alpargata nova de presente.

Ele olha para seus pés e agita o dedão fora do buraco.

— Mas esta aqui está perfeita — ele diz, corando um pouco. — É bem fresquinha.

— Vamos ver, deixa eu experimentar. — De repente, volto ao jogo ao qual me sinto muito à vontade e segura e que considero muito menos irrelevante do que algumas pessoas acham; algumas das certezas mais fulgurantes da minha vida me vieram quando eu estava brincando. Ele tira a alpargata com certa hesitação e a deixa diante de mim. Afundo o pé no calçado imenso, quase tão grande quanto uma pequena balsa de resgate, e sinto a sola de fibra seca e dura e a lona azul-marinho endurecida, desbotada e com veios brancos desenhados pelo sal do mar que me arranha um pouco o peito do pé. — Ficou perfeita em mim — digo, olhando a unha vermelha do meu dedão, tão incongruente quanto um nariz de palhaço no meio de um rosto limpo. — Acho que vou ficar com ela.

— É assim que a história da Cinderela acaba, não é? Encontrando o sapato do seu tamanho — diz Martí me observando com um sorriso tranquilo.

— É verdade! Eu não tinha pensado nisso! — Retiro com cuidado o pé da alpargata e a devolvo a ele. — Agora preciso ir. Até qualquer dia, Martí. — Beijo-o no canto dos lábios e saio correndo, antes que meu vestido de princesa se transforme numa roupa esfarrapada e eu, em abóbora.

Eu nunca havia estado num hotel de Cadaqués, e, embora a vista da sacada me seja muito familiar, encontro-me de novo no território sempre um pouco inquietante e estrangeiro dos hotéis sem pernoite, nos quais a pessoa, mesmo que vá acompanhada, está sempre sozinha, como um soldado prestes a começar a batalha e nos quais se obtém um repouso de guerreiro breve, profundo e provisório.

— Cheguei atrasada, me desculpe — digo.

— Tudo bem, mas tenho pouco tempo.

Vejo pela janela que anoiteceu totalmente, deve ser quase meia-noite. Ele sorri com sua expressão pesarosa, com seus olhos brilhantes de menino perdido e toxicômano. Não está aborrecido, não importa o que eu faça ou o que eu diga. Santi nunca se aborrece comigo, acho que pensa que meus desplantes e rompantes são o pedágio que ele deve pagar pela desigualdade da nossa relação, não percebe que o que não se dá não se pode perder, e que, se algum dia nos afastarmos, quem menos perderá sou eu.

Ele me despe metodicamente e com certa inabilidade lenta e apreciativa, seus olhos estão vermelhos e a boca tem sabor de mata-borrão, deve ter fumado um baseado enquanto me esperava. Deixo-me levar, sensível e atenta, à espreita do momento no qual perderei o equilíbrio e o calor do meu ventre se propagará como uma explosão por todo o meu corpo. Ele goza num minuto e meio, como um bebê, mansa e suavemente, incapaz de me levar junto até a outra margem, e passa os dez minutos seguintes, os quais, dada a falta de tempo, ele poderia ter empregado em algo mais útil, se desculpando.

— Puxa, desculpe, estou megacansado.

— Tudo bem — minto com algum mau humor, enquanto meu corpo aborrecido esfria, meus lábios secam e meu desejo fica esvoaçando pelo quarto, sem um objetivo concreto, como uma nuvenzinha persistente e preguiçosa.

Santi se levanta e de repente eu o vejo refletido no espelho do armário. Quase não o reconheço, pela primeira vez noto que a cabeça dele é pequena e que está ficando careca.

— Você não acha que anda usando o prefixo "mega" com uma frequência exagerada? — pergunto, afiando lentamente as palavras.

— Antes você adorava, morria de rir.

— Minha mãe se retorceria no túmulo, se o escutasse.

Ele sorri com doçura para mim com seus dentes manchados de nicotina. Olho-o com atenção e observo seu disfarce — a pele morena, a barba de quatro dias, os dry martínis, as mãos de lobo feroz, a pulseira velha, lembrança de algum festival de música —

se desintegrando devagarinho. Não que o homem à minha frente seja feio, pelo contrário, mas não é o homem pelo qual me apaixonei, já não é um todo, é apenas um conjunto de qualidades e defeitos, um homem como tantos outros, que meu amor já não protege nem inventa, exposto à intempérie.

— Que pena! Preciso ir — ele diz com seus olhos de órfão, enquanto a nuvem invisível paira sobre sua imprudente cabeça e vai se inflando de chuva.

— Você sabe o que vai acontecer, não sabe? — pergunto.

— O quê?

— Sua mulher vai abandonar você de novo, vai se apaixonar de novo por outro homem.

— Não vai ser fácil para ela achar outro homem, ela não é como você.

Penso com alguma compaixão na mulher arrogante de túnica azul-turquesa do açougue e em como somos capazes de dizer as coisas mais desprezíveis e infelizes sobre as pessoas que mais amamos.

— E aí eu não vou mais te querer.

Ele fica pensativo, parecendo mais preocupado com a ideia de que sua mulher ache outro homem, coisa que parece não ter lhe passado pela cabeça, como se por já haver acontecido uma vez fosse uma espécie de desastre natural totalmente alheio a eles e não pudesse se repetir, do que com o motivo pelo qual um dia eu deixe de sentir vontade de correr para os seus braços. Veste-se em silêncio.

— Faz tempo que eu não trepo com a minha mulher. — Ele deposita esse presente infecto diante de mim, como um cão que depois de uma expedição à mata aparecesse com o cadáver em decomposição de algum roedor, oferecendo-o ao dono como um troféu.

— Para mim tanto faz, não é assunto meu — digo com certa repugnância. Até hoje ele nunca havia mencionado nada da sua intimidade com a esposa. Acrescento: — Acho que devíamos parar de nos ver.

— Merda, merda, merda — ele exclama, segurando a cabeça com as mãos como um ator de quinta categoria tentando transmitir consternação. — Sei que te dou muito pouco, mas não posso deixar de vê-la. — E acrescenta em voz baixa, como se tivesse vergonha de dizer isto ou como se fosse mentira: — Eu te amo demais.

Esse foi o problema, penso, surpresa de ver que já comecei a usar o verbo no passado, ou seja, que, em vez de me amar, você me amasse muito. Mas não digo nada, porque já é tarde demais e porque não há no mundo conversa mais patética e mais destinada ao fracasso do que a de duas pessoas tentando calibrar seu amor.

Nesse instante, o celular dele toca; é sua mulher, que acaba de voltar de um concerto em outro povoado e cobra sua presença. Ele dá uma olhada rápida no caríssimo relógio de pulso que ganhou do sogro e que usa como se fosse um anel de compromisso, e me encara com os olhos brilhantes.

— Preciso ir.

— Eu também.

— A gente se vê logo, certo? — Comprime com paixão e vagar seus lábios contra os meus, inertes.

Quando ele se afasta, vejo que suas pernas são tortas.

Sento para fumar na pracinha do vilarejo, a banda continua tocando e o público família foi substituído pelo notívago, mais numeroso e dançante. Até sua doença e sua morte, mamãe, jamais me ocorreu sentar num banco de praça. Se eu estava na rua era para ir a algum lugar ou para passear; agora desfruto dessa imobilidade no meio das pessoas, dessas pequenas balsas públicas de resgate. O mundo está dividido entre os que se sentam nos bancos de rua e os que não. Acho que passei a fazer parte do grupo dos anciãos, dos imigrantes, dos desempregados, dos que não sabem para onde ir. De repente, no meio da multidão, vejo uma figura bem alta e desengonçada, vagamente familiar, que agita uns braços infinitos e raquíticos, não sei se dançando ou me cumprimentando.

— Blanca! Meu Deus do céu!

Recebo um beijo nos lábios, como recebi no primeiro dia, mil anos atrás, cinco minutos depois de nos conhecermos no meio de uma mesa cheia de gente. Na hora Elisa me vem à cabeça com sua carinha de ratazana sábia, armada de teorias freudianas para enfrentar e domesticar o mundo, quem dera ela estivesse aqui para me explicar tudo isto, a gente riria e com certeza ela diria que é tudo culpa sua, mamãe.

— Nacho!

— O que você está fazendo aqui, sozinha?

— Sabe que eu não sei? Ultimamente todo mundo me abandona, meu ex-marido, minha melhor amiga, meu amante...

— Vamos — diz ele, segurando minha mão —, vou te levar a uma festa.

Enquanto percorremos as ruas do vilarejo, eu o observo com o canto do olho. O rei do mundo, o *junkie* esportista, o mulherengo obstinado transformou-se num mendigo coberto de cinzas. Nós nos conhecemos desde criança, mas só ficamos amigos depois dos vinte anos, quando a diferença de idade — ele é nove anos mais velho do que eu — deixou de ser evidente e de ter importância, ele deixou de me achar um girino, embora continuasse me chamando assim, e de ser um velho para mim. Tinha a combinação perfeita entre luz e escuridão dos homens malditos e românticos, aquela luminosidade elétrica que leva os outros a se aproximar deles como as traças se aproximam das chamas, olhos de filhote de cervo e uma vida absolutamente dissoluta, narcotizada e ociosa, caótica e ensimesmada. Uma beleza física tão notável que durante anos nenhuma mulher resistiu a ele, eu tampouco, e mais de uma noite vimos juntos o amanhecer encolhidos em alguma praia ou refugiados em alguma varanda. Mas apesar da simpatia mútua nunca fizemos nada para nos encontrar em Barcelona, onde nós dois morávamos, nunca trocamos nossos números de telefone. Nacho fazia parte do verão, como os passeios de barco, as sestas na rede ou o pão saído do forno que comprávamos de madrugada, diretamente de uns homens que o amassavam, mangas arregaçadas, cansados e que nos olhavam com olhos tristes, pão que devorávamos antes de ir para casa dormir. Nunca me ocorreu que ele pudesse existir em outro lugar que não Cadaqués. No final, a cocaína se tornou sua única namorada, transformou aquele sorriso arrebatador em um ríctus tenso e desfigurado e lhe roubou o olhar de filhote de cervo para substituí-lo por uns olhos astutos, famintos e enevoados. Seu corpo tão flexível e diferenciado é pouco mais do que um esqueleto, penso, enquanto subimos uma das ladeiras pavimentadas com pedras do vilarejo; ele se move com rigidez e tenho a sensação de que cada passo que dá o golpeia, dói nele, como se Nacho estivesse oco; imagino que todo corpo conta a sua história de voluptuosidade, horror e desamparo.

Chegamos a uma casa grande de salões brancos, sofás de couro velhos e cheios de almofadas, tapetes orientais cobrindo um piso de lajota vermelha. Há velas por todo canto, algumas já completamente consumidas. Os janelões que dão para o vilarejo e para o mar estão abertos de par em par e as cortinas leves e pálidas balançam como velas cativas. Há muita gente, música, drogas espalhadas pelas duas mesinhas de centro, álcool e uns restos de frutas já sem viço em grandes tigelas coloridas. Reconheço alguns dos outros náufragos do vilarejo, filhos dos primeiros colonos, intelectuais e artistas que nos anos 1960 chegaram a

Cadaqués e encheram o lugar de gente atraente, talentosa, com vontade de mudar o mundo e, sobretudo, de se divertir. Reconheço de imediato os filhos daquela geração, os domesticados que, como eu, foram educados por pais lúcidos, brilhantes, bem-sucedidos e muito ocupados, adultos empenhados em que o mundo fosse uma festa, a festa deles. Somos, acho, a última geração que precisou conquistar à força o interesse ou a atenção dos pais. Em muitos casos, conseguimos isso quando já era tarde demais. Eles não consideravam as crianças uma maravilha, e sim um estorvo, uns chatos semiacabados. E nós nos transformamos numa geração perdida de sedutores natos. Tivemos de inventar métodos muito mais sofisticados do que simplesmente puxar pela manga ou começar a chorar para que nos dessem atenção. Exigia-se de nós o mesmo nível que o dos adultos, ou ao menos que não incomodássemos e que deixássemos os mais velhos falar. Na primeira vez que te mostrei uma redação minha, ela havia recebido um prêmio no colégio e eu devia ter uns oito anos, você me disse que não lhe mostrasse mais nada enquanto eu não tivesse mil páginas escritas, que menos do que isso não era um esforço sério. As notas boas eram recebidas como uma obviedade, as ruins com algum aborrecimento, mas sem grandes broncas nem castigos. Agora minha casa está forrada com os desenhos do meu filho menor e escuto o mais velho tocar piano com reverência, como se ele fosse a reencarnação de Bach. Às vezes me pergunto o que acontecerá quando as crianças desta nova geração, cujas mães consideram a maternidade uma religião — mulheres que amamentam os filhos até eles terem cinco anos, passando do seio para o espaguete, mulheres cujo único interesse, preocupação e razão de ser são as crianças, que educam os filhos como se eles fossem reinar sobre um império, que inundam as redes sociais com fotos de seus rebentos não só de aniversários ou de viagens, mas também deles na privada ou sentados num penico (não existe amor mais despudorado que o amor materno contemporâneo) —, crescerem e se transformarem em seres humanos tão deficientes, contraditórios e infelizes quanto nós, talvez até mais. Não acho que ninguém saia incólume depois de ter sido fotografado cagando.

Nacho e eu nos sentamos num sofá com um casal de amigos dele. Imediatamente os dois nos oferecem cocaína. Nacho aceita com entusiasmo e começa a fazer piruetas ao nosso redor e a fingir que toca uma guitarra imaginária ao ritmo da música que vem dos alto-falantes, abrindo muito as pernas e rasgando com força o instrumento. A moça insiste em que eu cheire uma carreira com eles, mas recuso o oferecimento.

— Não, obrigada, estou cansada. E se amanhã eu não estiver em forma, meus filhos vão protestar.

— Ah — diz ela, me olhando surpresa. — Você tem filhos. Então uma carreirinha vai te animar, vai acabar com o cansaço. — É loura, suave, está muito magra e bronzeada, usa uma calça indiana praticamente transparente, sem roupa de baixo, e uma camiseta velha de um rosa desbotado.

— Não, estou bem. Sério.

— Mas você é idiota ou o quê? — o namorado grita de repente com ela. — Não ouviu que ela disse não? Deixa ela em paz.

Começam a discutir aos berros, mas felizmente o volume da música encobre suas vozes e só vejo o gesticular frenético dos dois. Nacho vai e vem dando saltos e por fim, depois de alguns gins-tônicas, deixo que ele me arraste e começamos a dançar como quando éramos mais jovens e ainda acreditávamos que a vida ia cumprir todas as suas promessas e que nada importava porque tudo ia dar certo. Ao terminarmos, despencamos num sofá. Então a loura amável e doce se aproxima de mim, correndo.

— Eu estava te procurando! Veja, veja — ela me diz, mostrando uma foto no seu celular —, são meus óvulos congelados.

— Sei. — Olho a imagem irreconhecível de um fundo cinza com umas manchas ovais de um cinza mais escuro, sem saber o que dizer, enquanto ela me observa com olhos expectantes. — São muito bonitos — comento por fim.

— Não acha? — ela exclama. — São para o caso de eu decidir ter filhos um dia. — E acrescenta: — Quando estiver preparada.

— Que bom. Isso é ótimo — digo.

— Só queria te mostrar. — Os olhos dela são de um azul transparente e cândido que me comove, como se eu pudesse me inclinar e ver através deles o interior de seu corpo, os riachinhos de sangue, seu coração assustadiço e valente ao mesmo tempo.

Quando ela se afasta, Nacho diz:

— Essa aí não tem mais salvação; ele talvez possa escapar, mas ela já está metida demais nisso tudo. A ideia de congelar os óvulos foi do pai, um médico madrilenho muito importante.

Afasta meu cabelo e começa a me beijar a nuca como um pássaro, em pequenas bicotas.

— E nós, o que fazemos? — pergunta. — Vamos dormir juntos? Como nos velhos tempos?

Eu rio.

— Como já estamos velhos, hein? Imagine daqui a vinte anos. Agora só estamos começando a exercitar a velhice, ela ainda é uma brincadeira, uma sombra distante.

— Ou seja, não vamos dormir juntos.

Ele morde suavemente minha nuca.

— Eu preciso é de um amigo, acho.

— Como amigo eu sou insuportável, você sabe.

Nós dois rimos.

— Pois é. Eu também não sou nenhuma maravilha. Mas se pudéssemos ficar encolhidos assim um tempinho... — Sinto o cansaço tristonho e um pouco dolorido dos dias de convalescença passados na cama, a tristeza vaga e persistente que me acompanha desde sua morte, mamãe, e que tento sacudir de mim, mas cujas partículas voltam a pousar sempre, exatas, no mesmo lugar.

Nacho me abraça bem forte, como um menino pequeno abraçando seu boneco, mas sinto seu corpo tenso e ansioso. Sei que não irá dormir enquanto ainda houver uma pitada de veneno na casa.

— Preciso ir. Ficou muito tarde — digo, liberando-o.

Ele me acompanha até a entrada, segura meu rosto entre as mãos e me beija como há mil anos, quando éramos outros. Sua silhueta de Dom Quixote fica recortada na porta.

— Cuide-se, menininha. Está frio aí fora.

Refrescou, e uma bruma leve, cinza e leitosa, que daqui a pouco se tingirá de rosa e de laranja, começa a esfumar o contorno das coisas. Não falta muito para amanhecer. Devo ter ficado três ou quatro horas na festa. A música da casa me acompanha um pouco, até que sobre a ardósia cinzenta só restem o som dos meus passos e o grasnido dos pássaros sonâmbulos. Não quero ir dormir ainda, penso em descer até a praia e ver o dia amanhecer, será a primeira vez que farei isso sozinha, embora talvez os amanheceres, como muitas outras coisas, só adquiram seu pleno sentido de triunfo e redenção junto a uma silenciosa companhia. Porém, em vez de eu ir na direção do mar, começo a subir a montanha, enveredo pelas ruelas rochosas, estreitas como corredores, delimitadas por muretas de pedras empilhadas, magníficos quebra-cabeças antigos que nunca desmoronam, que circundam hortas e campos de oliveiras e sobre as quais os gatos do vilarejo cochilam e vigiam. Alguém deixou em cima de uma delas um sapatinho infantil. Daqui a pouco meus filhos amanhecerão, meu espetáculo particular de sonhos e alvoradas, Edgar, silencioso e meditabundo, arrastando como eu os vestígios da noite por muito tempo, enquanto Nico se lança sobre o dia com decisão, tagarela e risonho. Minhas pernas estão pesadas como em alguns pesadelos, mas não me detenho, bebo o ar novo e intacto do dia que começa e digo a mim mesma que amanhã vou parar de fumar, enquanto vou subindo lentamente a ladeira até chegar a uma esplanada de terra com duas árvores raquíticas que no verão serve de estacionamento para os hóspedes do camping. Quando jovem eu vinha aqui com frequência, lembro de um amigo italiano que me preparava espaguetes com tomate num fogãozinho ao ar livre, esqueci seu nome, assim como o de quase todos os protagonistas daqueles verões leves e felizes nos quais, como todos os jovens, com euforia, arrogância, despreocupação e intensidade, pairávamos sobre o vilarejo e o mundo. Um homem mais velho, com um balde na mão, atravessa a esplanada do camping e me cumprimenta com uma inclinação de cabeça antes de desaparecer no pequeno pavilhão das duchas. Devo estar com um aspecto lamentável, se o bar do camping estivesse aberto eu entraria para tomar um café e lavar o rosto, mas ainda é muito cedo, o edifício cinza está fechado e às escuras. Continuo caminhando até vislumbrar as paredes brancas da pequena ermida, que estão começando a clarear, e os dois ciprestes, como uma dupla de guardiães sérios e benevolentes, ainda negros, que flanqueiam a entrada do cemitério. Cheguei, o caminho de tijolos amarelos termina aqui. Apesar do cansaço, meu coração bate com força, minhas mãos estão geladas e comecei a tremer. Na última vez que estive aqui, havia uma porção de gente, o número de vivos ultrapassava o de mortos, éramos maioria e meus amigos estavam presentes. Mesmo assim já então comecei a fantasiar sobre como seria vir sozinha, me imaginei subindo a ladeira, serena e filosoficamente, já curada, talvez trazendo na mão alguma flor silvestre colhida no caminho. Observo o portão de madeira escura e nodosa e acaricio com um dedo o pesado puxador de ferro. Estou com medo e esgotada, talvez seja melhor ir para casa, dormir, descansar, voltar ao meio-dia acompanhada, ou então não voltar nunca mais, posso não voltar nunca mais, é uma possibilidade. Empurro o portão. Está trancado. Mas os cemitérios nunca fecham à noite, vi milhares de filmes de terror que se passam à noite em cemitérios. Com certeza é culpa da minha inabilidade, o portão não pode estar trancado. Empurro de novo, apoio todo o corpo contra a madeira enquanto manipulo em vão a pesada maçaneta. Não consigo respirar e percebo que estou chorando. Vou dar um jeito, vou dar um jeito, tudo tem solução. Vou telefonar para o prefeito e pedir que venha abrir a porta para mim. Vou escalar a parede como o homem-aranha. Vou escrever uma carta indignada para o jornal. Vou falar com a Anistia Internacional. É impossível que o portão não ceda e que eu não possa entrar. Respiro profundamente. Vou fazer isso por bem, sem perder a calma, tenho certeza de que assim vai funcionar. Bato suavemente à porta e murmuro: "Mamãe, mamãe", muito baixinho, enquanto encosto o ouvido à madeira, tenho a impressão de escutar um som de patas de gato ao longe, mas espero um pouco e ninguém vem abrir. Sacudo a pesada maçaneta de ferro e começo a espancar o portão com todas as minhas forças, como se eu é que estivesse trancada em algum lugar, até que a dor nos punhos e na palma das mãos me obriga a parar. Sento, vencida e exausta, no banco da entrada da igrejinha. Amanheceu sem que eu me desse conta. Uma luz diáfana e rosada acaricia as oliveiras prateadas, tinge de vermelho as paredes brancas e umedece imperceptivelmente os caminhos de terra. Reconheço essa luz como se fosse o chamamento de alguém conhecido. Subo no banco e em seguida no muro, do qual se vê o campo de oliveiras e Port Lligat, o pequeno porto onde mantínhamos o barco, no fundo. De repente, eu a vejo. Ela caminha pelo molhe com sua camisa desbotada de quadrinhos azuis por cima do maiô, com suas preciosas pernas morenas sempre cheias de manchas roxas, seu chinelo de menina pequena com os pés para dentro, os óculos tortos, o cabelo todo desfeito embaixo de um boné ressequido pela água salgada, vai acompanhada por seus três cães — Patum, Nana e Luna —, que acabam de dar um mergulho, e se dirige, feliz, para seu barco. O mar está como um lago, faz um dia glorioso. Antes de subir, vira-se, sorri e me diz:

— Isso também vai passar.

E pisca o olho para mim.

Epílogo

Você passou sua última noite sozinha. Eu tinha ficado o dia todo no hospital, segurando sua mão, e quando o médico me disse que você estava melhor, embora bastasse olhar para você para ver que não era verdade, decidi ir para casa dormir um pouco. Queria ter morrido com você, no mesmo quarto, no mesmo instante, e não na manhã seguinte, quando você já estava morta. Queria ter estado ali, segurando sua mão, para o nosso final. Porque se passeio pelo terreno dos vivos mais ou menos com alegria, mais ou menos sozinha, tenho sempre um pé onde você está. Às vezes conto a mim mesma a história que você me contou um dia, sentada na minha cama, para me consolar da morte do meu pai: Era uma vez, num lugar muito distante, talvez na China, um imperador poderosíssimo, sagaz e compassivo que um dia reuniu todos os sábios do reino, filósofos, matemáticos, cientistas e poetas e disse a eles: "Quero uma frase curta que sirva para todas as ocasiões possíveis, sempre". Os sábios se retiraram e passaram meses e meses refletindo. Por fim voltaram e disseram ao imperador. "Já temos a frase, é a seguinte: 'Isso também vai passar'." E você acrescentou: "A dor e o pesar passam, assim como a euforia e a felicidade". Agora sei que isso não é verdade. Vou viver sem você até morrer. Você me transmitiu a noção de que as flechadas repentinas são a única forma possível de se apaixonar por alguém (e tinha razão), me ensinou o amor à arte, aos livros, aos museus, ao balé, a generosidade total com o dinheiro, os grandes gestos nos momentos adequados, o rigor nas atitudes e nas palavras. A mais absoluta falta de sentimento de culpa e a liberdade e responsabilidade que ela implica. Lá em casa nunca ninguém se sentia culpado de nada, cada um pensava e agia de acordo e, se errasse, não valia se sentir culpado; arcava com as consequências e ponto final. Acho que jamais escutei de você um "desculpe". Você também me presenteou com o riso louco, a alegria de viver, a entrega absoluta, o gosto por todos os jogos, o desprezo por tudo que lhe parecia tornar a vida menor e irrespirável: a mesquinhez, a deslealdade, a inveja, o medo, a estupidez, a crueldade sobretudo. E o senso de justiça. A rebeldia. A consciência fulgurante da felicidade naqueles instantes em que a temos na mão e antes que ela comece a voar de novo. Lembro de termos nos olhado em algum momento, numa mesa cheia de gente, ou passeando por uma cidade desconhecida, ou no meio do mar, e havermos sentido, as duas, que caía pó de pirlimpimpim em nossa cabeça e que talvez não começássemos a voar ali mesmo, como garantia Peter Pan, mas quase. E você sorria para mim de longe e eu sabia que você sabia que nós duas sabíamos e que em silêncio agradecíamos aos deuses aquele presente insensato, aquele mergulho perfeito em alto-mar, aquele entardecer cor-de-rosa, aquelas risadas depois de uma garrafa de grapa, as palhaçadas para que as pessoas que já nos amavam demais, demais nos amassem ainda um pouquinho mais. E a grandeza, uma capacidade para dar nome às coisas, para vê-las, uma tolerância verdadeira com os vícios e defeitos dos demais seres humanos. Duvido muito que eu a tenha herdado, mas sei quando ela está por perto, eu a reconheço, e como você não está mais aqui, busco-a como um cão faminto, como um *junkie* com olheiras e síndrome de abstinência, farejo-a, escuto-a, reconheço-a (às vezes basta um gesto de mão), ela está nos meus filhos de forma incipiente, a cortesia, a boa educação, a falta total de esnobismo. Toda pessoa que vai lá em casa, e vão algumas bem estranhas, muito machucadas, muito loucas, é recebida pelos seus netos, mamãe, com amabilidade, com curiosidade, com respeito, com cuidado, com carinho. E sempre que passamos de carro pelo último apartamento em que você morou, na Calle Muntaner, observo disfarçadamente pelo retrovisor seu neto mais velho erguer os olhos em silêncio para a sua sacada. E penso que talvez eu pudesse dizer a ele que você está num lugar melhor, mas sei que não é verdade, porque durante muito tempo não houve nada de que você gostasse mais do que de estar com seus netos e comigo. Algum dia vamos falar muito de você. Estou começando a respirar melhor e quase já não tenho pesadelos, e em alguns dias sinto o pó de pirlimpimpim esvoaçar sobre a minha cabeça, não muito nem com muita frequência, mas já é um começo. E temos um novo morador em casa, seu nome é Rey, estou tentando fazer os meninos aprenderem a passear com ele todos os dias. Anteontem deixei seu blazer na tinturaria, vão me devolver na quinta-feira, "como novo", disseram.

Barcelona, abril de 2014

ESTA OBRA FOI COMPOSTA EM ELECTRA PELO ESTÚDIO O.L.M./ FLAVIO PERALTA
E IMPRESSA EM OFSETE PELA GRÁFICA BARTIRA SOBRE PAPEL PÓLEN BOLD
DA SUZANO PAPEL E CELULOSE PARA A EDITORA SCHWARCZ EM FEVEREIRO DE 2016